DESEO

ANDREA LAURENCE

Un fin de semana imborrable

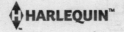

HARLEQUIN™

Editado por Harlequin Ibérica.
Una división de HarperCollins Ibérica, S.A.
Núñez de Balboa, 56
28001 Madrid

© 2018 Andrea Laurence
© 2019 Harlequin Ibérica, una división de HarperCollins Ibérica, S.A.
 Un fin de semana imborrable, n.º 2122 - 7.3.19
Título original: One Unforgettable Weekend
Publicada originalmente por Harlequin Enterprises, Ltd.

I.S.B.N.: 978-84-1307-356-9
Depósito legal: M-1146-2019
Impresión en CPI (Barcelona)
Fecha impresion para Argentina: 3.9.19
Distribuidor exclusivo para España: LOGISTA
Distribuidor para México: Distibuidora Intermex, S.A. de C.V.
Distribuidores para Argentina: Interior, DGP, S.A. Alvarado 2118.
Cap. Fed./Buenos Aires y Gran Buenos Aires, VACCARO HNOS.

Capítulo Uno

—Ya puede pasar. La señorita Niarchos lo espera.

Aidan Murphy se levantó, se abrochó la chaqueta y se alisó la corbata con la mano. Se le hacía raro ir de traje después de tanto tiempo sin llevar uno. Años atrás los trajes habían sido como una segunda piel para él, pero un día todo su mundo se había derrumbado, haciendo que su vida cambiase por completo, y cuando uno trabajaba en un pub irlandés no necesitaba trajes caros ni corbatas de seda.

Pero la razón por la que había ido allí no tenía nada que ver con el pub, ni con su vida cinco años atrás. Había ido allí por su madre, ya fallecida, por la promesa que le había hecho, en su lecho de muerte, de que abriría en su memoria un centro de rehabilitación para alcohólicos.

Había perdido a sus padres con solo unos años de diferencia, y de repente se había encontrado con una herencia que no se había esperado: un pub en Manhattan que estaba luchando por sacar a flote, y una enorme casa en el Bronx este.

Como tenía una licenciatura en Marketing y había sido ejecutivo publicitario, tenía los conocimientos suficientes como para reflotar el pub, pero no tenía ningún interés en una casa tan grande y que estaba en un lugar tan alejado. Sin embargo, no se sentía preparado para separarse del hogar en el que había crecido.

Sus padres, católicos irlandeses, habían comprado esa casa porque al casarse habían querido formar una gran familia, pero solo lo habían tenido a él. La vivienda estaba pagada, pero, aunque quisiera, venderla no sería nada fácil. El barrio estaba cada vez más deteriorado, y hasta sería difícil alquilarla.

Su madre lo había sabido y lo había instado a conservarla y utilizar la casa como un hogar de transición para los alcohólicos que acababan de salir de un programa de rehabilitación en un centro especializado. Habiendo lidiado con el alcoholismo de su padre, su madre decía que pasar por un hogar de transición era lo que habría necesitado para curarse del todo, en vez de haber retomado su adicción cada vez al cabo de pocas semanas.

Y ahí era donde entraba la Fundación Niarchos, por mucho que odiara la idea de pedir ayuda a nadie, y más aún a la gente rica. Necesitaba dinero para hacer realidad el sueño de su madre, un montón de dinero, y por eso les había solicitado una subvención.

Abrió la puerta del despacho y contuvo el aliento. Era ahora o nunca. Sin embargo, apenas hubo cruzado el umbral, se paró en seco cuando su mirada se posó en los exóticos ojos negros de la mujer sentada tras el escritorio, los ojos de la mujer que se había esfumado de su vida hacía más de un año. ¡Violet!

Y al parecer se apellidaba Niarchos, aunque no habían llegado a decirse el apellido en el poco tiempo que habían pasado juntos. Si hubiera sabido su nombre completo podría haber intentado encontrarla después de que hubiera desaparecido sin dejar rastro.

Iba a decir «hola» pero la expresión indiferente de Violet lo desconcertó. No parecía haberlo reconocido. Era como si para ella no fuera más que otra persona que acudía a la fundación en busca de ayuda, en vez de un hombre con el que había hecho el amor.

Era evidente que ella había causado en él una impresión mucho mayor que él en ella.

—¿Violet? —inquirió, para asegurarse de que no se estaba equivocando de persona.

Juraría que era ella, pero a veces el tiempo distorsionaba los recuerdos.

—Sí —contestó ella, levantándose y rodeando la mesa.

Ataviada como iba, con una blusa de seda color lavanda, una falda de tubo gris, medias y manoletinas, y con un collar y unos pendientes de perlas, tenía un aspecto mucho más formal que la Violet que había entrado en su pub aquella noche, un año atrás.

—¿No me reconoces? —le preguntó—. Soy Aidan. Nos conocimos en el Pub Murphy hará un año y medio.

El delicado rostro de porcelana de Violet se resquebrajó de repente. Lo miró boquiabierta, con los ojos como platos. Parecía que por fin había caído en quién era.

—¡Dios mío…! —murmuró, llevándose las manos a la boca.

Aidan se esforzó por no exteriorizar el pánico que le entró al ver las lágrimas en sus ojos. Después de que desapareciera, se había pasado muchas noches tendido en la cama, preguntándose qué le habría pasado, por qué no había vuelto por el pub, imaginándose cómo sería volverla a ver… pero jamás se habría esperado que ese reencuentro fuese a hacerla llorar. No le había hecho nada como para que saliese llorando…

Al fin y al cabo, era ella la que se había ido, desvaneciéndose de madrugada como un fantasma y haciendo que empezara a preguntarse si no se lo habría imaginado todo. Y, si no fuera porque era abstemio y no había probado ni gota de alcohol, habría pensado que estaba borracho y había sufrido alucinaciones. Porque eso era lo que le había parecido Violet, una alucinación. Ninguna mujer había tenido el efecto que Violet había tenido en él.

–Aidan… –susurró, y las lágrimas comenzaron a rodar por sus mejillas.

No quería verla llorar, y por un momento sintió el impulso de dar un paso adelante y abrazarla con fuerza, pero el modo en que estaba mirándolo le hizo detenerse. Lo más probable era que se arrepintiera de aquel apasionado fin de semana que había pasado con él, un don nadie. Seguramente lo había olvidado y ahora que lo tenía allí, frente a ella, en su despacho, se moría de vergüenza al recordar lo bajo que había caído.

–¿Estás bien? –le preguntó a pesar de todo.

Ella se apresuró a enjugarse las lágrimas con la mano y le dio un momento la espalda para recobrar la compostura.

–Sí, por supuesto –contestó con una sonrisa amable, girándose de nuevo–. Perdona, es que…

Le tendió la mano y al estrechársela Aidan sintió

que un cosquilleo familiar le recorría la piel. La primera vez que la había tocado había sido como si estallara en llamas por dentro, y eso no había cambiado. Violet, sin embargo, parecía tremendamente tensa, y esa tensión no disminuyó siquiera cuando soltó su mano y le señaló con un ademán la silla más próxima.

–Siéntate, por favor. Tenemos mucho de que hablar.

Aidan tomó asiento mientras ella volvía a rodear el escritorio para sentarse de nuevo en su sillón.

–Antes de que pasemos al tema de la subvención que nos has solicitado, creo que debería empezar por pedirte disculpas –le dijo–. Imagino que te llevarías una impresión horrible de mí por desaparecer como lo hice. Yo desde luego me siento fatal.

–Solo quiero saber qué te pasó –contestó Aidan.

–Tuve un accidente –le explicó Violet, bajando la vista a la mesa. Cuando siguió hablando frunció el ceño, como si le costara hilar la historia–. Supongo que debió ser justo después de que abandonara tu apartamento. El taxi en el que iba se empotró contra la parte trasera de un autobús y me golpeé la cabeza contra la mampara que me separaba del conductor. Cuando recobré el conocimiento estaba en el hospital.

A Aidan se le cayó el alma a los pies. Ni se le había pasado por la cabeza que hubiera podido sucederle algo así. Había pensado lo peor de ella sin saber que estaba convaleciente en el hospital…

–Y ahora… ¿te encuentras bien?

–Sí –respondió ella con una sonrisa–. Aparte de una fuerte conmoción, solo sufrí rasguños y moratones. No tuve secuelas aparte de una pérdida parcial de memoria.

7

Básicamente perdí los recuerdos de la semana anterior al accidente. Lo último que recordaba cuando recobré el conocimiento era que había salido de mi despacho para ir a una reunión importante. Durante estos meses he intentado de todo para recuperar los recuerdos, pero nada funcionaba. No volví a ponerme en contacto contigo porque no me acordaba de ti, ni del fin de semana que habíamos pasado juntos hasta hace un momento, cuando me has dicho tu nombre.

Aidan frunció el ceño y parpadeó con incredulidad.

—¿Estás diciendo que tienes amnesia?

Violet contrajo el rostro. Los médicos le habían dicho que, con el tiempo, los recuerdos volverían. Le habían dicho que podía tener recuerdos breves y repentinos, sensaciones de *déjà vu*, o que tal vez todos esos recuerdos acudirían de pronto en tromba a su mente.

Había sido lo último. Cuando Aidan la había mirado con esos grandes ojos azules y le había dicho su nombre, había sentido como si la tierra se tambalease bajo sus pies y de repente su mente se había visto inundada por vívidas imágenes de ellos dos juntos. Desnudos y sudorosos. Riéndose. Tomando comida china en la cama y charlando durante horas.

Aquellos recuerdos tan íntimos con alguien que era prácticamente un extraño la hicieron sonrojarse, pero ese sentimiento de vergüenza se disipó de inmediato al darse cuenta de lo que suponía aquello. Era lo que había provocado sus lágrimas.

Había pasado quince meses preguntándose qué habría ocurrido en esa semana de su vida que se había borrado de su mente. Después del accidente quiso recuperar esos recuerdos, pero había acabado relegando esas preocupaciones al descubrir que estaba embarazada. A partir de ese momento toda su atención se había centrado en la relación con su prometido, Beau Rosso, y en planificar la llegada de su primer hijo. Y entonces, al nacer el bebé, recordar lo que había pasado en aquella semana se había vuelto más importante que nunca.

–Eso fue lo que me dijeron los médicos –respondió–. He pasado casi un año y medio intentando recuperar esos recuerdos, pero hasta hace un momento mi mente seguía completamente en blanco.

Aidan se pasó una mano por el desaliñado cabello pelirrojo y arqueó las cejas.

–¿Y qué es lo que has recordado? –inquirió.

Violet volvió a sonrojarse.

–Pues… bueno… recuerdo que entré en un pub y… creo que tú trabajabas allí, ¿no?

Aidan sonrió.

–Sí, aunque soy el dueño.

Violet asintió y trató de no dejarle entrever su alivio. No sería muy apropiado que alguien de su clase se acostase con un simple camarero. Era la heredera de una de las mayores fortunas europeas, y la habían educado para conducirse como tal.

Recordaba haber ido a ese pub, pero no por qué. No era un sitio al que hubiese ido antes, aunque sí recordaba el momento exacto en que había posado sus ojos en Aidan. Y también recordaba haber charlado y reído con él mientras cerraba el local.

–También me acuerdo de que fuimos a tu casa –murmuró.

Le ardían las mejillas. Era imposible que él no se hubiese dado cuenta de que estaba roja como una amapola, y por si no fuera suficiente con los eróticos recuerdos que la habían asaltado, el modo en que Aidan estaba mirándola la hizo sentirse aún más incómoda.

–Creo que los dos sabemos qué pasó después –dijo.

Aidan asintió.

–No sé cuántas vueltas le habré dado, intentando averiguar qué hice mal.

Violet apartó de su mente las tórridas imágenes, en un intento por sofocar el calor que había aflorado en su vientre.

–¿A qué te refieres? Puede que aún no lo recuerde todo, pero no recuerdo que hicieras nada mal.

–Bueno, te fuiste sin decirme nada, ¿no? El domingo por la mañana cuando me desperté estaba solo.

Violet hizo un esfuerzo por recordar. Sí, había salido temprano de su apartamento, pero... ¿por qué? ¿Se había ido porque tenía algo que hacer? Tenía la impresión de que esa era la respuesta.

–Tenía que ir a algún sitio y no quería despertarte. Pensaba llamarte más tarde.

–Pero tuviste un accidente y sufriste amnesia –apuntó Aidan en un tono monocorde e incrédulo.

–Sí. Además, mi móvil quedó destrozado por el choque, así que tampoco tenía tu número. El accidente no solo borró mis recuerdos de esa semana, sino también cualquier rastro de esos días que pasamos juntos.

Bueno, no exactamente. Había quedado una huella

imborrable que lo era todo en su día a día… solo que no se había dado cuenta hasta ese momento.

—¡Vaya, qué oportuno…!

A Violet no le gustaba el tono de su voz.

—¿Sugieres que te estoy mintiendo?

Aidan se encogió de hombros.

—Es algo que cuesta creer.

—Te aseguro que si no hubiera querido volver a verte, te lo habría dicho y punto. No tenía por qué inventarme lo del accidente, la amnesia y el móvil destrozado.

—O sea, que sí querías volver a verme.

Era una afirmación, no una pregunta. La sonrisilla en los labios de Aidan la hizo tensarse, y el estómago le dio un vuelco. Parecía que disfrutaba haciéndola sentirse incómoda.

No había conocido a ningún otro hombre como él, que la hiciese temblar por dentro con solo una mirada. No hacía falta ni que la tocara; el solo recuerdo de sus caricias bastaba para que se tambaleara su determinación. No iba a decírselo, pero nunca había disfrutado tanto del sexo como en esas dos noches que habían pasado juntos. La había hecho alcanzar cotas de placer que jamás habría imaginado, como un virtuoso, arrancando con maestría notas de su violín, hasta casi quedarse ronca de tanto gritar su nombre.

—Sí, quería volver a verte —admitió, tragando saliva.

Siguió la mirada de Aidan, que se posó brevemente en su mano izquierda, ahora desnuda, en la que durante meses había lucido el anillo de compromiso de Beau.

—¿Y ahora? —inquirió Aidan.

Una pregunta peligrosa. Haber pasado un fin de semana con él era una cosa, pero ahora… Todo había cambiado. Las cosas ya no eran tan simples como entonces.

–Lo que pueda querer o no ahora no es relevante –murmuró, evadiendo darle una respuesta.

–¡Y un cuerno que no! –exclamó Aidan, levantándose y rodeando la mesa.

Cuando ella se giró, sobresaltada, Aidan plantó las manos en los brazos de su sillón y se inclinó hacia ella.

–Me he pasado año y medio preguntándome qué te había pasado –le dijo–. Y aun cuando no quería pensar en ti, cuando solo quería pasar página, no lo conseguía. Y ahora de repente volvemos a encontrarnos, me sueltas esa historia absurda, me miras como si no hubieras roto un plato en tu vida y me dices que la atracción que sientes por mí es irrelevante.

Sus labios estaban a solo unos centímetros de los de ella. A Violet el corazón le martilleaba en el pecho, y respiraba agitada.

–Dilo –le exigió él.

Aunque quería hacerlo, Violet no podía rehuir su intensa mirada.

–Aidan…

–Dilo.

Violet tragó saliva.

–Está bien, sí, aún me siento atraída por ti. ¿Estás contento?

Aidan entornó los ojos.

–Pues no. Jamás había conocido a ninguna mujer que se esforzara de ese modo por reprimir sus deseos. ¿Es porque trabajo en un pub y no soy banquero, como tu novio?

Violet dio un respingo. Esa no era la razón. Su familia era rica; no necesitaba el dinero de ningún hombre. Y sí, había tomado por costumbre salir con hombres adinerados, pero solo porque la hacía sentirse un poco menos como un premio, un boleto de lotería que podía cambiar para siempre la suerte de un hombre.

—No —replicó—. No es eso. Y en cualquier caso Beau ya no es mi novio. Escucha, hay algo de lo que tenemos que hablar —le puso una mano en el pecho para que le dejase un poco de espacio, pero Aidan no se apartó, y solo consiguió sentirse acalorada al notar los duros músculos bajo su camisa—. Haz el favor de sentarte para que hablemos.

Aidan no contestó. Ni siquiera se movió. Fue entonces cuando se dio cuenta de que sus ojos estaban fijos en algo detrás de ella.

—¿Aidan? —lo llamó.

¿Estaba escuchándola siquiera? Se volvió para averiguar qué estaba mirando y vio que era la fotografía de Knox que tenía sobre la mesa. Era la única foto de su hijo que tenía en el despacho, pero más de una vez se arrepentía de haberla puesto. Todos los que la veían le preguntaban por aquel bebé con aspecto de querubín, de rizos pelirrojos y grandes ojos azules. Parecía que también había atraído la atención de Aidan, pero no solo porque Knox era adorable, sino porque el parecido entre ambos era innegable, algo que casi la había hecho caerse de espaldas cuando habían vuelto a ella de golpe los recuerdos de ese fin de semana, cuando por fin aquella última pieza del puzle había encajado en su sitio.

El pánico de Aidan, que miraba la foto boquiabierto, con unos ojos como platos, era evidente. Sabía lo que significaba. No le hacía falta echar cuentas ni hacerse una prueba de paternidad para saber la verdad. Volvió a posar sus ojos en ella y tragó saliva antes de preguntarle:

—¿El bebé de la foto es tuyo?

Violet asintió y Aidan se irguió por fin, dejándole espacio.

—Sí, es mi hijo: Lennox. Tiene casi seis meses.

—Lennox… —repitió él, como si estuviera intentando acostumbrarse a cómo sonaba:

—Yo lo llamo por su diminutivo, Knox. Es un niño increíble: tan listo y tan cariñoso… Es una auténtica bendición ser su madre.

Aidan volvió a posar los ojos en la fotografía, sin formular aún la pregunta que Violet sabía que quería hacer.

—Sí, una auténtica bendición —repitió y, antes de continuar, la invadió una mezcla de alivio y aprensión. ¿Cuántas veces había temido no poder encontrar al hombre al que decirle lo que estaba a punto de decirle?—. Y estoy bastante segura de que es… tu hijo.

Capítulo Dos

–¿Mi hijo?

Desde el momento en que había visto la foto del bebé, Aidan había sabido que era suyo, pero oírlo de labios de Violet tuvo un impacto en él que no se había esperado.

–Sí. Perdona que hayas tenido que enterarte así. Por favor, siéntate para que podamos hablarlo.

Aidan rodeó de nuevo la mesa y volvió a sentarse antes de que le fallaran las piernas. La cabeza le daba vueltas. Había ido allí para pedir una subvención y de golpe y porrazo se había encontrado con que tenía un hijo. Un hijo llamado Knox.

Siempre había querido formar una familia llegado el momento, y tener la oportunidad de ser mejor padre de lo que lo había sido el suyo con él. Y siempre había pensado que, cuando decidiera casarse y formar esa familia, se dedicaría a ellos en cuerpo y alma. Pero en vez de eso acababa de descubrir que tenía un hijo, y que se había perdido sus primeros seis meses de vida.

Pondría remedio a eso cuanto antes. No sabía qué tendría Violet en mente, pero él pensaba ejercer de padre de Knox. Lo llevaría a los partidos de los Yankees y cuando fuera al colegio no faltaría a uno solo de sus entrenamientos ni a una reunión de padres.

–¿Por qué no lo dijiste antes? –la increpó.

Ella contrajo el rostro, como irritada.

–No sé cómo puedes preguntarme eso después de lo que te he dicho.

–¿Vas a seguir con ese cuento de la amnesia?

Violet frunció el ceño.

–He pasado los últimos seis meses angustiada porque no tenía ni idea de quién era el padre de mi hijo.

–¿Y de quién creías que era durante todo el embarazo?

Violet bajó la vista a la mesa para evitar su mirada.

–Creía que era de Beau, mi exnovio. Como había perdido los recuerdos de nuestro fin de semana juntos, no tenía motivos para pensar que pudiera ser de nadie más. Estábamos prometidos. Íbamos a casarnos. Fue en la sala de partos, cuando el médico le puso a Beau en los brazos a un bebé pelirrojo, cuando los dos nos quedamos en estado de shock.

Aidan podía imaginarse el cuadro y hasta sería gracioso si no fuera porque se había perdido el nacimiento de su hijo.

–¿Y cómo se lo tomó? Mal, me imagino.

Violet suspiró y alzó la vista hacia él.

–Eso da igual.

–¿Y qué dijeron tus padres?

Violet entornó los ojos.

–¿Hablamos de mis padres aquel fin de semana? –le preguntó.

Parecía que no recordaba la conversación que habían mantenido en el pub la noche que se conocieron. Aunque probablemente se debiera más al alcohol que a la contusión en la cabeza. Había entrado en el local hecha un mar de lágrimas, se había sentado en la barra y se había tomado unos cuantos tequilas.

—A fondo no —contestó él—. Solo me contaste que te presionaban para que te casases con ese tipo aunque era un capullo en grado superlativo. Supongo que debieron llevarse un disgusto al descubrir que era otro quien te había dejado embarazada.

—Bueno, sí, pero no tanto por eso como por el hecho de que no sabía siquiera quién había sido. No pueden soportar la idea de que sus amigos lleguen a enterarse de la verdad. Serían más felices si volviera con Beau y fingiéramos que Knox es hijo suyo. De hecho creo que siguen diciéndole a la gente que Beau es el padre y que estamos pasando por un mal momento.

—Entonces supongo que no se pondrán locos de contento al enterarse de que su verdadero padre es un irlandés sin blanca que regenta un pequeño pub.

—Eso no me preocupa. En los últimos meses he estado haciendo mucha introspección, y una de las cosas de las que me he dado cuenta es de que llevo toda mi vida intentando hacer felices a mis padres, y he decidido que eso se acabó. A partir de ahora voy a centrarme en mi hijo y en mí, como debe ser.

Aidan, que necesitaba verla más de cerca, alargó el brazo y tomó de la mesa la fotografía enmarcada. Acarició con el dedo las mejillas sonrosadas y la radiante sonrisa del niño. Knox había salido a él, pero tenía los ojos almendrados y los labios de Violet.

—Te lo habría dicho —le dijo Violet en un tono quedo—. No se trata de lo que opinen los demás, o de que yo quisiera o no que formaras parte de la vida de Knox. Si no hubiera perdido los recuerdos de esa semana por la amnesia, no habría dudado en decírtelo, pero hasta ahora no tenía ni idea de quién podía ser su padre. Por eso se me han saltado las lágrimas cuando me han vuelto de golpe recuerdos de ese fin de semana. Ha sido un alivio saber la verdad después de todos estos meses.

Aidan suspiró.

—¿Y ahora qué?

Violet tamborileó con los dedos, nerviosa, en el borde del escritorio.

—Bueno, supongo que debería empezar por llamar a mi abogado. Puede iniciar los trámites para solicitar una prueba de paternidad, solo para hacerlo oficial, y así podemos ponernos de acuerdo para los derechos de visita y demás.

Solo a una persona rica se le ocurriría empezar por llamar a un abogado en vez de decirle que en cuanto quisiera podía conocer a su hijo. Un abogado… ¡Si él ni siquiera tenía un abogado!

—Todo eso me parece muy bien —le dijo—, y sé que hay que hacerlo, pero yo tenía en mente algo menos burocrático para empezar.

—¿Como qué? —inquirió Violet.

—Como poder conocer a mi hijo.

Violet no conseguía disipar la ansiedad que sentía en el vientre. Había accedido a que Aidan fuese a su apartamento para conocer a Knox y llegaría en cualquier momento.

Habían pasado dos días desde que entró en su despacho y puso su mundo patas arriba. Como también eran dos los días de recuerdos de aquel fin de semana juntos, recuerdos que la asaltaban en los momentos más inoportunos. Recuerdos de cómo la había estrechado entre sus brazos, de sus caricias, de cómo la había hecho sentir cosas, emociones, que no había experimentado antes.

Al principio, el perder la memoria había sido una molestia. Luego, al nacer Knox, se había convertido en una desafortunada complicación. Y ahora, al saber lo mucho que se había perdido, se le antojaba casi trágico.

¿Durante cuántos meses se había conformado con Beau porque no recordaba lo increíble que había sido estar con Aidan? Durante todo ese tiempo la había asediado una preocupación insistente, algo que no habría sabido explicar. Simplemente una sensación de que algo no iba bien, de que Beau no era el hombre adecuado para ella.

Ahora sabía lo que su subconsciente había estado intentando decirle todo ese tiempo. Aidan era el hombre que faltaba en su vida, en la vida de Knox. Sin saberlo, había añorado esa conexión que había sentido con él después de que pusiera fin a su tumultuosa relación con Beau, durante los meses de soledad y agitación que había atravesado.

Quería que Aidan formara parte de la vida de Knox, como debía ser, pero… ¿qué pasaría con ellos dos? Pensar en eso la asustaba un poco. Aun en el caso de que Aidan siguiese interesado en ella, la atracción que había entre ellos acabaría diluyéndose antes o después.

Y si esa atracción subsistía, tal vez solo fuera porque sentían que las circunstancias les habían hecho perder el salto. Y si las cosas entre ellos acabaran mal, no querría que eso afectara a la relación de Aidan con su hijo. A decir verdad, ni siquiera estaba segura de que pudiera soportar revivir la intensidad de la pasión que había vivido con Aidan durante aquel tórrido fin de semana para acabar con el corazón destrozado.

Lo mejor sería mantener las distancias. Mostrarse educada, cordial... como si solo hubiese entre ellos una relación de negocios. Al fin y al cabo, aparte de criar a un hijo entre los dos, iban a tener que trabajar juntos en el proyecto por el que Aidan había acudido a la fundación. No se limitaban a extender cheques a las organizaciones benéficas que solicitaban su ayuda; les proporcionaban las herramientas necesarias para que aprendieran a mantenerse a flote por sí mismas en el futuro.

Oyó pasos y al volverse vio a Tara, la niñera, bajando las escaleras con Knox en los brazos. Su pequeño llevaba puesto un esquijama de dinosaurios, uno de sus favoritos, regalo de su amiga Lucy, que estaba embarazada de gemelos y a punto de salir de cuentas.

La niñera le tendió al bebé y Violet lo tomó.

−¡Vaya, qué bien hueles! −exclamó, dándole un beso al pequeño.

−He tenido que darle un baño que no estaba previsto −explicó Tara riéndose−. Esta mañana hemos tomado por primera vez puré de manzana y acabó hecho una pura mancha, ¿verdad, granujilla? −dijo haciéndole cosquillas en la tripita. Knox se retorció en los brazos de Violet entre risitas–. Pero ya está otra vez limpito y vestido. ¿Necesitas que me quede y me ocupe de él hasta que llegue la visita que esperas?

Violet se mordió el labio y sacudió la cabeza. Le había dicho a la niñera, que vivía con ellos, que iba a venir alguien a visitarla, pero no de quién se trataba. Los escándalos corrían como la pólvora y, al menos de momento, quería mantener aquello en secreto.

–No hace falta. Además, es tu día libre. Sal y diviértete.

Tara sonrió y sacó su chaqueta del armario.

–De acuerdo. Que lo paséis bien con la visita. Y si me necesitas, mándame un mensaje.

Cuando se hubo marchado, Violet respiró aliviada. Suerte que Aidan no había llegado aún; si no, se habrían cruzado cuando Tara se marchaba. Y con esos ojos azules y ese cabello pelirrojo, habría sido imposible que la niñera no hubiera deducido de inmediato quién era.

Y no era que no se fiara de Tara. Al nacer Knox había sabido que necesitaría a alguien que le echara una mano, y en Tara había encontrado a la niñera perfecta. Sin embargo, todavía no se sentía preparada para contarle a nadie lo de Aidan. No se lo había contado ni a sus mejores amigas de la universidad, Emma, Lucy y Harper. Y pensaba hacerlo, pero cuando ella lo considerara oportuno, no por temor a las habladurías de la gente.

En ese momento sonó el telefonillo. Violet fue hasta la puerta y pulsó el botón para contestar. Era el conserje, para comunicarle que tenía una visita, «un tal señor

Murphy». Violet le dijo que lo dejase subir y trató de prepararse mentalmente.

Aunque solo eran cinco plantas, el ascensor pareció tardar al menos diez minutos en subir. Su apartamento ocupaba el ala oeste de las plantas quinta y sexta, desde donde se divisaba Park Avenue. Sus padres se lo habían comprado cuando había terminado sus estudios en Yale, a modo de regalo de fin de carrera. No habían asistido a su ceremonia de graduación porque estaban en Estambul, aunque no la había sorprendido. Aquel había sido su *modus operandi* toda su vida: regalos caros para compensar sus ausencias, el vacío físico y emocional.

Cuando sonó el timbre de la puerta, Violet inspiró profundamente y abrió.

—Hola, Aidan. Pasa —le dijo.

Pero en el momento en que los ojos de Aidan se posaron en su hijo, fue como si para él el resto del mundo desapareciera. Se quedó inmóvil mientras lo observaba por primera vez. Parecía como si incluso estuviera conteniendo el aliento.

Knox, en cambio, como niño que era, permaneció completamente ajeno a su visitante. Estaba fascinado con el borde festoneado del cuello de la blusa de su madre, estrujándolo entre sus deditos torpes y regordetes.

Violet se giró un poco para que Aidan pudiera verlo mejor y apartó la mano de Knox de su blusa.

—Lennox, tenemos visita. ¿Le dices hola?

El pequeño aún no hablaba, por supuesto, pero por fin Aidan captó su atención, y lo miró con sus grandes ojos y esbozó una enorme sonrisa.

—Es increíble lo mucho que os parecéis –balbuceó Violet nerviosa, rompiendo el silencio–. Seguro que si viera una foto tuya de bebé no sería capaz de diferenciaros.

Aidan se limitó a sacudir la cabeza, sin poder apartar aún la vista de Knox.

—Había una parte de mí que no acababa de creérselo hasta ahora –dijo finalmente–, pero es verdad: es mi hijo.

Violet contrajo el rostro y miró fuera por encima del hombro de Aidan. Su vecina era una metomentodo y no querría que oyera su conversación.

—Lo es. Anda, entra –le insistió.

Aidan por fin entró y pudo cerrar la puerta. Fue entonces cuando se fijó en que llevaba una bolsa en la mano, probablemente un regalo para Knox.

—¿Por qué no pasamos al salón para que puedas soltar tus cosas y ponerte cómodo? –sugirió–. ¿Sabes algo de bebés? –le preguntó mientras la seguía.

—La verdad es que no –admitió Aidan–. Nada de nada.

Violet sonrió. Viniendo de un hombre como él, reconocer su ignorancia no debía haberle sido fácil. Daba la impresión de ser la clase de persona capaz de enfrentarse a cualquier cosa sin ayuda de nadie. Le había notado a la legua lo incómodo que se sentía por verse obligado a pedir ayuda a su fundación para el proyecto benéfico de su madre. Nada más entrar en su despacho se había dado cuenta de que estaba a la defensiva, pero, sin duda, el que hubiese acudido a ellos a pesar de todo significaba que aquel proyecto era más importante para él que su orgullo. Eso le había gustado. Y era evidente que Knox también era importante para él, o no habría admitido su falta de experiencia.

—Aprenderás a manejarte. Yo al principio tampoco sabía demasiado. Además, ya no es un recién nacido, frágil y pequeño, así que no tendrás problema. Es un chico fuertote, con el percentil máximo de peso y altura para su edad.

Al oír eso, Aidan sonrió con orgullo paternal.

—Yo también fui bastante fuertote desde niño. Habría podido ser un buen jugador de rugby, pero lo mío siempre ha sido el béisbol –dijo–. De hecho, le he comprado a Knox una camiseta de los Yankees –levantó la bolsa que llevaba en la mano para mostrársela y la dejó sobre la mesita entre los sofás–. Ahora que estamos juntos en esto tengo que asegurarme de que crezca sabiendo quiénes son los mejores.

Violet se rio.

—En mi familia no somos fans de los Mets, así que no tienes que preocuparte –contestó, refiriéndose al equipo rival–. De hecho, si cuando sea un poco mayor quieres llevarlo a un partido, nuestra fundación tiene una sala VIP de palco en el nuevo estadio de los Yankees –le explicó–. ¿Por qué no lo tomas en brazos? –le dijo tendiéndole al pequeño–. Así se te pasarán antes los nervios.

Aidan se puso un poco tenso, pero cuando Knox se apoyó cómodamente contra su pecho pareció calmarse un poco y se puso a acunarlo, balanceándose sobre los talones.

—Eh… ¿qué pasa, pequeñajo? –murmuró.

Violet dio un paso atrás para dejarle un poco de espacio, y los ojos se le llenaron de lágrimas al ver a Knox poner su manita contra la mejilla de Aidan y reírse al notar que raspaba un poco al tacto. No había tenido contacto con muchos hombres, pero pareció hacerse de inmediato a Aidan. Tal vez supiera por instinto que era su padre.

Verlos juntos la conmovió enormemente. Después de todo por lo que había pasado había empezado a preguntarse si llegaría a presenciar jamás un momento como aquel, si Knox llegaría a experimentar el abrazo protector de su verdadero padre.

Se había sentido tan culpable al nacer Knox... Culpable por haber hecho creer a Beau que era el padre, aunque ella tampoco hubiera sabido que no lo era. Culpable por no haber sido capaz de recordar algo tan importante como quién era el padre de su bebé. Culpable al pensar que quizá crecería sin conocer a su padre, y que tal vez su padre jamás supiera que tenía un hijo.

Ahora entendía por qué había estado tan nerviosa por la visita de Aidan. No podría sentirse más agradecida de poder presenciar aquel enternecedor momento entre padre e hijo, un recuerdo que atesoraría durante toda su vida. Un momento especial, perfecto... hasta que Knox vomitó puré de manzana por todo el polo de Aidan.

Capítulo Tres

Si alguien le hubiera dicho a Aidan, hacía un año y medio, que ese día estaría medio desnudo en el apartamento de Violet, se habría echado a reír. Claro que entonces no había sabido que tenía un hijo, ni que de repente, sin previo aviso, iba a vomitarle encima.

—Acabo de meter tu polo en la secadora, así que deberías poder ponértela para volver a casa —anunció Violet, volviendo al salón.

Después del incidente del puré de manzana había estado jugando con su hijo mientras Violet se llevaba su polo para lavarlo.

—Siento este pequeño desastre —le dijo Violet—. No sé si tengo algo que puedas ponerte —añadió, recorriendo su torso desnudo con la mirada, antes de apresurarse a apartar la vista.

—Es culpa mía —repuso Aidan—. No debería haberme puesto a acunar a un bebé sin saber si había comido hacía poco.

—Supongo que no se te olvidará la primera vez que tuviste en brazos a tu hijo —comentó ella, riéndose suavemente.

—¿Cómo podría olvidarlo? Dejando a un lado lo del vómito, ha sido un momento emocionante.

Una sombra cruzó el rostro de Violet, que bajó la

vista al suelo. Sus palabras parecían haberla puesto triste, aunque no sabía si era porque se había perdido los primeros meses de vida de su hijo o porque a partir de ahora iba a tener que compartir al pequeño con él. Sin duda su inesperada aparición en escena debía ser una complicación para ella.

Aprovechó la ocasión para observarla. Estaba más delgada que cuando la había conocido. Y parecía agotada. Sin duda ese último año y medio no había sido fácil para ella.

Para él tampoco lo había sido. Perder a su padre tres años atrás había puesto su vida patas arriba, pero no había sido algo inesperado y se había recuperado de aquel golpe. El pub iba bien y, aunque ya no era un ejecutivo de éxito en el mundo de la publicidad, era feliz.

Pero entonces su madre había caído enferma. Como sus padres habían sido autónomos, no habían dispuesto de un seguro médico decente. De hecho, al enviudar su madre había contratado el más barato, el único que se podía permitir y Aidan se había sentido impotente viéndola consumirse en un hospital público. Su padre se había matado con el alcohol, pero su madre no había hecho nada salvo ser demasiado pobre como para permitirse el tratamiento que podría haberla salvado.

Violet volvió a alzar la vista, y en ese momento Knox bostezó.

—Creo que es la hora de que este chiquitín se eche su siesta. ¿Quieres ayudarme a acostarlo? —le propuso a Aidan.

Este asintió con una sonrisa.

—Claro.

–Ven, te enseñaré dónde está su cuarto –le dijo Violet.

Aidan la siguió escaleras arriba con el pequeño en sus brazos balbuceando contento. Las pocas veces que había sostenido al bebé de algún conocido, de inmediato había empezado a berrear. Era un alivio que su hijo pareciese sentirse a gusto con él. Y a él le gustaba tenerlo en brazos. Olía a champú de bebé y a talco.

La habitación del bebé era espaciosa y muy bonita. Violet se detuvo junto a la cama, y él la observó mientras accionaba el móvil de elefantes de colores que colgaba sobre ella. Los elefantes empezaron a moverse en círculos al son de una suave música.

–Túmbalo –le dijo–. En unos minutos estará dormido.

Aidan depositó a su hijo en la cuna a regañadientes. Sabía que necesitaba esa siesta, pero no quería separarse aún de él, y tuvo que recordarse que pronto volvería a verlo. El bebé se revolvió un poco, alargó las manitas para tomar el chupete que le tendía Violet y se lo metió en la boca, contento, mientras se le cerraban los ojos.

–Te lo dije –murmuró Violet–. Le encanta echarse la siesta.

–Parece que en eso también ha salido a mí –contestó Aidan con una sonrisa.

Violet sonrió también.

–Vámonos.

Salieron sin hacer ruido y Violet cerró tras ellos. Sin embargo, en vez de volver al salón, cruzó el pasillo y abrió la puerta de la habitación que había enfrente. Aidan observó, sorprendido, que era un dormitorio. ¿Por qué quería llevarlo a su dormitorio?

Violet entró sin vacilar, pero el permaneció en el pasillo sin saber qué debía hacer. No conocía bien a Violet, pero dudaba que una mujer hermosa y rica como ella fuera a llevarlo a su dormitorio con el propósito de seducirlo mientras su hijo sesteaba al otro lado del pasillo. Y no era que a él no le gustaría, pero dudaba que algo así fuese a ocurrir.

—Aidan, puedes entrar —lo llamó Violet.

Estaba de pie frente a una cómoda de roble con un espejo. Aidan se agarró al marco de la puerta, pero no se movió. No estaba seguro de poder refrenar sus impulsos si entraba en la habitación. El perfume de Violet, que flotaba en el aire, parecía estar llamándolo, urgiéndolo a tocarla, a besarla…

—No creo que sea buena idea.

Violet frunció el ceño. Posó los ojos en su torso desnudo y se quedó mirándolo largamente. Cuando sus ojos se encontraron, se puso roja como una amapola.

—Solo iba a buscar algo que puedas ponerte —dijo pasándose la lengua por los labios—; no estoy intentando seducirte.

Él no estaba tan seguro, pensó Aidan cruzándose de brazos y mirándola pensativo.

—¿Ah, no? Pues hace un momento estabas mirándome como si estuvieses sedienta y yo fuese un vaso de agua bien fría. Y, para serte sincero, yo también me muero de sed…

—Puede que haya estado mirándote, pero es todo lo que he hecho —replicó ella, abriendo un cajón y sacando una prenda doblada—. Es difícil no mirar cuando estás ahí, medio desnudo. Toma, esta es la camiseta más grande y masculina que tengo, y necesito que te la pongas –dijo arrojándosela.

Aidan la atrapó al vuelo y la desdobló para verla mejor. Era una camiseta de una especie de color morado. Si aquella era la camiseta más masculina que tenía, no podía imaginarse cómo serían las demás. ¿Con encaje, lacitos y brillos? Además, era demasiado pequeña para él, que usaba una XL. Aquella debía ser una talla M, como mucho.

–Es demasiado pequeña.

–Póntela, por favor.

–Si me la pongo, la romperé.

–Me da igual. Necesito que te pongas algo hasta que tu polo esté seco. Es eso o una bata rosa de seda. Tú eliges, pero tienes que ponerte algo encima.

Habría sido imposible que Aidan no reconociese la súplica en sus ojos. Era evidente que estaba luchando desesperadamente contra la atracción que sentía por él. Quizá no quisiera complicar las cosas aún más. O quizá tuviese una relación. O tal vez la avergonzaba el poco autocontrol que tenía sobre su atracción hacia un barman.

Se encogió de hombros para sus adentros y trató de meterse la camiseta por la cabeza. Le costó bastante, pero después de estirarla de aquí y de allí logró bajarla hasta que le cubrió casi todo el estómago.

–Bueno, pues ya está –dijo.

Al alzar la vista, a pesar de lo ridículo que debía estar con aquella minúscula camiseta de mujer, se encontró a Violet mirándolo embobada.

–¿Qué pasa? –inquirió, bajando la vista a la camiseta.

No era difícil imaginar cuál era el problema. La camiseta le quedaba justa, muy justa, y se le marcaban los abdominales bajo la fina tela. Su solución había tenido justo el efecto contrario.

—¡Ay, madre…! Debería haberte dado la bata —murmuró Violet con un suspiro, sacudiendo la cabeza—. Quítate la camiseta; verte con ella no ayuda nada.

—¿Los pantalones también? —inquirió Aidan con una sonrisa traviesa.

Violet tragó saliva y negó con la cabeza.

—Eh… No, solo la camiseta.

«Solo la camiseta… de momento», pensó él para sus adentros, sonriendo divertido, y se la sacó de nuevo por la cabeza.

—Esta semana casi no hemos tenido noticias de ti, Violet —observó Harper en la habitual noche de chicas del grupo, con una copa de vino en la mano.

—¿Le están saliendo ya los dientes a Knox? —le preguntó Emma—. Cuando empezaron a salirle a Georgie, la pobre no dormía nada por las noches, y yo tampoco. Me pasé varias semanas completamente zombi y eso que tenía a la niñera cuidando de ella por las mañanas…

—¿Es eso lo que me espera? —inquirió Lucy preocupada, frunciendo ligeramente el ceño.

—Y multiplicado por dos —apuntó Harper con una sonrisa malévola. Era la única del grupo sin un bebé o uno en camino, así que estaba delgada, descansada, y a ojos de las demás llevaba una vida fabulosa—. Prepárate, porque lo vas a tener mucho peor que Emma y que Violet.

—Gracias por recordármelo, querida cuñada –gruñó Lucy, antes de tomar un sorbo de su limonada.

Estaba de ocho meses y medio y embarazada de gemelos: un niño y una niña. Se había casado con el hermano de Harper, Oliver, hacía unos meses, y estaban ansiosos por que nacieran los bebés.

—Para eso estoy aquí –contestó Harper con sorna–. Y ahora en serio, Vi, ¿qué es lo que te pasa?

Violet habría preferido que sus amigas siguieran picándose para no tener que responder a la pregunta de Harper, pero sabía que esta no iba a dejarlo estar. Además, desde un principio había sabido que siendo la noche de chicas no tendría más remedio que contárselo todo, porque sus amigas podía olisquear un secreto a leguas, igual que un sabueso. Inspiró profundamente y dijo:

—Sí que están empezando a salirle los dientes a Knox, pero no se trata de eso. Ha ocurrido algo.

—¿En serio? –inquirió Emma, inclinándose hacia ella con curiosidad–. Venga, cuéntanos.

—Beau no estará dándote la lata otra vez, ¿no? –preguntó Lucy en un tono preocupado.

A Violet no le sorprendió la pregunta. Desde el nacimiento de Knox, su exnovio le había pedido varias veces que le diera otra oportunidad. Hasta le había dicho que le daba igual de quién fuera hijo Knox, que seguía queriendo casarse con ella. De hecho, había sido ella quien le había pedido que se hiciera la prueba de paternidad, y quien le había devuelto el anillo y puesto

32

fin a su relación cuando los resultados habían confirmado lo que se habían sospechado. A Beau le había hecho tan poca gracia como a sus padres que rompiese con él, pero había tenido muy claro que era lo que debía hacer.

—No, gracias a Dios hace varias semanas que no sé nada de Beau. En realidad, son buenas noticias: he hecho un gran avance con respecto a mi amnesia.

—¿Has recordado algo? —inquirió Lucy, mirándola con los ojos muy abiertos.

Violet asintió.

—No todo —admitió—, pero creo que sí lo más importante.

—¿Has recordado quién es el padre de Knox? —inquirió Emma en un susurro.

—Sí.

Sus tres mejores amigas lanzaron vítores de entusiasmo que hicieron que otros clientes del restaurante giraran la cabeza para mirarlas. De inmediato empezaron a acribillarla a preguntas, y apenas le dejaban tiempo para contestar.

—Calmaos un segundo y os lo contaré todo —les dijo levantando la mano para interrumpirlas. Tomó un sorbo de su copa para aplacar sus nervios—. El lunes pasado vino un hombre a la fundación.

—¿Y era pelirrojo? —aventuró Lucy.

—Deja que lo cuente ella —se quejó Harper.

—Hija, solo he hecho una pregunta —replicó Lucy.

—Sí, era pelirrojo —intervino Violet—. Y los ojos azules, igual que Knox. Pero al principio no lo reconocí. Pero él sí me conocía a mí. Pensaba que no quería volver a verle y no sabía cómo ponerse en contacto conmigo.

—¿Y cuándo te volvieron esos recuerdos que has mencionado antes? —inquirió Emma.

—Cuando me dijo su nombre. No tenía la menor idea de quién era, y de repente fue como si todos los recuerdos acudieran a mi mente en tropel. Recordé casi cada segundo de los increíbles días que pasamos juntos. Y entonces lo supe, supe que era el padre de Knox.

—¡Madre mía! —exclamó Lucy en un hilo de voz, rodeándose el hinchado vientre con las manos—. Esto es tan emocionante que creo que voy a ponerme de parto.

—¡No, por favor! —dijo Harper con cara de pánico—. Los gemelos tienen que permanecer ahí dentro todo el tiempo posible. Si te pones de parto en nuestra noche de chicas, mi hermano me echará la culpa.

—Debiste sentirte muy aliviada, Vi —dijo Emma, ignorando a las otras y tomando la mano de Violet—. Por fin sabes quién es el padre de tu bebé. En mi caso, cuando me quedé embarazada, solo pasaron un par de meses hasta que di con Jonah. No puedo ni imaginar la ansiedad que has debido pasar tú todo este tiempo.

—Bueno, tampoco había nada que pudiera hacer —apuntó Violet encogiéndose de hombros.

—¿Y cómo se llama? —preguntó Harper—. Tengo un amigo que trabaja en FlynnSoft. Si quieres, podría proporcionarte toda la información que encuentre sobre él.

—No creo que sea necesario. Ya sé bastante sobre él por la solicitud que presentó en la fundación. Se llama Aidan Murphy.

—¿Y le has hablado de Knox? —inquirió Lucy.

Violet asintió.

—En realidad lo dedujo él antes de que pudiera hacerlo. Vio la foto de Knox que tengo sobre mi mesa. Fue entonces cuando tuve que confesárselo todo.

Durante la próxima hora las chicas siguieron atosigándola con preguntas, ansiosas por conocer todos los detalles de su encuentro con Aidan en la fundación y de su primera visita a Knox. Cuando se acercó el camarero la dejaron tranquila para pedir lo que iban a cenar, pero las preguntas continuaron mientras tomaban los entrantes y pedían otra ronda de bebidas.

—¿Y has recordado algo más sobre esa semana? —inquirió Harper—. Solo pasaste dos días con ese Aidan antes del accidente, ¿no? ¿No recuerdas qué pasó antes de eso?

—No, aún no.

Eso la preocupaba. Tenía la sensación de que había ido al Pub Murphy para ahogar alguna pena con el alcohol, pero no lograba recordar de qué se trataba.

—Pues no pareces muy contenta —observó Emma—. Lo normal sería que estuvieses entusiasmada de haber recuperado por fin esos recuerdos y haber encontrado al padre de Knox, pero has esperado una semana para compartirlo con nosotras. ¿Qué es lo que no nos estás contando?

Violet había confiado en que no repararan en eso, pero sus amigas la conocían mejor que nadie.

—Bueno, puede que esté un poco abrumada con todo esto. Es demasiado para asimilarlo de golpe. Ahora tendré que compartir a Knox con Aidan cuando he estado sola con él desde el día en que nació.

Harper sacudió la cabeza.

—No es eso. Hay algo más. ¿Ya le has dicho lo de Aidan a tus padres?

—¿A mis padres? ¡Ni hablar! —exclamó Violet—. Antes quiero que Aidan y yo nos pongamos de acuerdo sobre cómo vamos a establecer los términos de la custodia compartida y hagamos el papeleo con nuestros abogados. Ya sabéis cómo son. Además, están en Dubái. O en Catar. No lo tengo muy claro ahora mismo.

—Pues a mí me parece que daría lo mismo si estuviesen aquí, sentados en la mesa de al lado —repuso Harper—. ¿Qué tienes miedo de contarles? ¿Qué pasa con Aidan? ¿Es raro? ¿Irritante? ¿Es comunista?

—Aidan no tiene nada de malo —replicó Violet—. Lo que pasa es que no es lo que esperaba. No es de la clase de hombres con los que suelo salir.

—La clase de hombres con los que sueles salir son unos capullos —observó Harper, que no parecía dispuesta a morderse la lengua—. O sea que el que sea distinto es bueno, ¿no?

—Beau no es un capullo —argumentó Violet—. En la teoría teníamos muchas cosas en común, pero en la práctica no funcionaba. Y con Aidan lo que pasa es que es…

—¿Pobre? —interpuso Lucy.

Violet se volvió hacia ella y deseó poder decir que se equivocaba, porque sonaba tan esnob ponerle pegas a Aidan por su estatus social… Además, Lucy era de origen humilde, y hasta que había heredado una fortuna de la tía abuela de Harper, para quien había estado trabajando, probablemente había sido incluso más pobre que Aidan.

—Bueno, yo no diría eso –replicó–. Tiene su propio negocio, pero sí, pertenece a un círculo social distinto de los hombres con los que suelo salir. Sé que suena horrible, pero sabéis por qué prefiero salir con hombres con dinero. Mi familia es rica, y llevo toda mi vida evitando a los que solo quieren mi fortuna.

—¡Nuestra pobre multimillonaria! –murmuró Harper con una sonrisa que suavizó el sarcasmo de sus palabras–. Bueno, ¿y qué clase de negocio tiene Aidan?

—Un bar. Un pub irlandés, para ser más exactos.

—Por eso no se lo has contado a tus padres y has tardado una semana en contárnoslo a nosotras –la picó Harper en un tono acusador–: ¡Porque fue un tórrido fin de semana con un barman sexy!

Capítulo Cuatro

Habían pasado un par de días de la noche de chicas, pero las palabras de sus amigas seguían resonando en la mente de Violet: que les había ocultado lo de Aidan, que no se lo había dicho porque la avergonzaba haberse acostado con un barman… Y quizá, en el fondo, fuese verdad.

No. No era verdad, pero aun así sus palabras la atormentaban. Sabía que Aidan era más que un simple barman. Además de los tórridos recuerdos de aquel fin de semana con él, también había recordado las conversaciones que habían mantenido, y sabía que era un hombre listo, capaz y cariñoso. Un hombre que sería un buen padre para Knox.

Pero seguía sintiéndose reacia a hablarles a sus padres de él. Sus padres eran el problema. Se pasaban la mayor parte del año ignorándola, viajando de un sitio a otro. Y cuando los veía no hacían otra cosa que criticarla o colmarla de regalos que usaban a modo de soborno y para acallar su conciencia. Por ejemplo, cuando aún estaba en el hospital, recuperándose del parto, su padre le había ofrecido un yate de lujo si accedía a casarse con Beau y decía a los demás que era el padre de su hijo. Ella se había negado y había rechazado su regalo.

Había sido una de las primeras veces en su vida que

se había puesto firme con sus padres, que se habían quedado bastante descolocados con su respuesta. Al final, en vez del yate, le habían regalado un reloj de pulsera de diamantes por el nacimiento de su primer hijo, le habían abierto un fondo fiduciario y habían vuelto a subirse a un avión para irse a otro sitio.

Sus padres la querían, sabía que la querían, pero no eran los padres cariñosos que le habría gustado tener, que se hubieran involucrado en su educación. Eso era lo que quería para Knox, y sentía que Aidan sería para él la figura paterna cercana que necesitaba.

Pero sabía que sus padres no verían lo bueno que había en Aidan, solo sus «faltas», igual que hacían con ella. Y bastante daño le había hecho ya a Aidan, aunque no hubiera sido deliberadamente. Si no hubiera sufrido amnesia, le habría dicho que estaba embarazada nada más saberlo. No se merecía el desprecio con el que sin duda lo tratarían sus padres, comparándolo a cada ocasión con Beau, criticando su trabajo, a su familia, el modo en que lo habían criado… Y eso no podía traer nada bueno. Por el momento prefería que siguieran creyendo que aún no había recobrado la memoria.

Sin embargo, había hablado con su abogado, y quería hablar con Aidan sobre las recomendaciones que le había hecho, así que había pensado en pasarse esa tarde por el pub antes de que abrieran. Aidan le había mandado un mensaje de texto diciéndole que dejaría la puerta abierta para que pudiera entrar sin tener que llamar.

Cuando llegó, con solo verlo por fuera tuvo una intensa sensación de *déjà vu*. Aquel era el lugar donde su vida había cambiado para siempre. Al empujar la pesada puerta para entrar, la envolvieron olores y ruidos familiares. Aidan estaba detrás de la barra, sacando brillo a unas copas y colocándolas sobre una repisa.

–Bienvenida al Pub Murphy –la saludó con una cálida sonrisa que hizo que se le encogiera el estómago.

Probablemente aquella sonrisa era la que la había hecho sentirse atraída por él la noche que se habían conocido. Había ejercido una especie de magnetismo sobre ella. Había sentido la necesidad de acercarse a él y aun ahora, aunque luchaba contra esa atracción, seguía sintiéndola con la misma intensidad. Sí, no había duda de que aún lo deseaba, a juzgar por cómo se le alteraba el pulso y se le endurecían los pezones con solo mirarlo, pero… ¿podrían tener algo serio, algo duradero?

No lo veía claro. Pertenecían a mundos muy distintos: culturas distintas, religiones distintas, barrios distintos… Dudaba que pudiera sentirse cómodo jamás codeándose con la gente ultrarrica con las que se relacionaba su familia. Les había resultado fácil ignorar esas diferencias durante aquel fin de semana, sin la promesa de nada más que placer, pero… ¿intentar ignorarlas durante toda una vida? Eso podría acabar convirtiéndose en un problema.

–¿Dónde está Knox? –le preguntó Aidan cuando la vio acercarse.

–Lo he dejado con Tara –le explicó ella, dejando el bolso sobre la barra para encaramarse a un taburete.

No iba a llevarse a su hijo de seis meses a un pub.

–¿Quién es Tara?

¿No se lo había mencionado?

–Es su niñera.

Aidan puso una cara rara, una mezcla de sorpresa e irritación, y abrió la boca, pero volvió a cerrarla, como si se hubiera quedado sin palabras. No comprendía su reacción. No esperaría que se hubiera ocupado ella sola del bebé… Era madre soltera, y no quería dejar su trabajo. Alguien tenía que hacerse cargo de Knox durante el día. Cuando fuera un poco más mayor lo enviaría a un buen jardín de infancia, pero hasta entonces no le había quedado otra opción más que elegir entre una niñera o una guardería, y naturalmente había preferido lo primero.

–¿Qué pasa? –le preguntó–. Sé que hay algo que no te gusta; dime qué es.

Aidan suspiró y rodeó la barra para sentarse en otro taburete junto a ella.

–¿Qué sabes de esa Tara? ¿Has comprobado que no tenga antecedentes? ¿Has recibido referencias suyas de otras familias? –le preguntó.

Violet resopló y sacudió la cabeza. ¿De verdad creía que dejaría a su hijo con cualquiera?

–Sí, por supuesto que sí. De hecho, sé más acerca de ella que de ti. Y es una niñera fabulosa, así que puedes relajarte y rebajar un poco ese punto de padre protector.

Aidan se encogió de hombros.

–No puedo evitarlo. Todo esto es nuevo para mí, aunque es increíble lo rápido que se apodera el pánico de ti cuando tienes un hijo.

–Lo sé. Cuando me lo quitaron de los brazos después del parto para hacerle un chequeo empecé a preocuparme, y para cuando lo trajeron de vuelta estaba a punto de echarme a llorar. Nunca había querido tanto a nadie.

Violet vio un atisbo de tristeza en los ojos de Aidan. Desearía poder devolverle los seis meses de vida de Knox que se había perdido. O al menos besarlo hasta hacer que esa tristeza se desvaneciera.

—Bueno, ¿qué quieres tomar? —le preguntó Aidan, esbozando una sonrisa y cambiando de tema.

—¿Tenéis algo dulce?

—Tengo sidra de grifo.

—Estupendo; tomaré eso —dijo ella, y se puso a juguetear con un posavasos mientras él iba a servirle la bebida.

Aidan volvió al poco rato, puso una servilleta sobre la barra y encima el vaso de sidra.

—Cuando me llamaste antes mencionaste que habías hablado con tu abogado —comentó—. ¿Qué te ha dicho?

—Está redactando un acuerdo para la custodia compartida. Cuando lo tenga listo nos reuniremos con él y lo repasaremos juntos. También me ha dicho que te llamará su secretaria para concertar el día y el lugar para la prueba de paternidad. El laboratorio ya tiene el perfil de Knox de cuando Beau se hizo la prueba. Así que… bueno, empezaremos por ahí.

—Me parece bien, aunque también querría saber cuánto tendré que pasarte de manutención cada mes y esas cosas.

—Bueno, es que… no le he dicho a mi abogado que te solicite una pensión —balbuceó Violet.

Aidan frunció el ceño, confundido.

—¿Por qué no? Estoy dispuesto a hacer lo correcto. Quiero ayudar a mantener a mi hijo.

A Violet se le hizo un nudo en el estómago de ansiedad. Detestaba hablar de dinero, y especialmente de su dinero. Una cosa era hablar en abstracto de la riqueza de su familia, o de la fundación, y otra de sus finanzas personales. La gente ya no la miraba de la misma manera cuando se enteraban de cuánto dinero tenía, y a ella le gustaba cómo la había mirado Aidan la noche que se habían conocido allí, en su pub, cuando la había llevado a su apartamento. En sus ojos azules había visto deseo y nada más. El problema era que no podía aceptar el dinero de Aidan solo para poner fin a aquella incómoda conversación.

—No lo necesito, Aidan —le dijo—. Y tú bastante tienes ya con el pub y el proyecto benéfico en memoria de tu madre. Deberías darle mejor uso a ese dinero. O podrías guardarlo para hacer cosas con Knox.

—Quiero pasarte esa pensión —insistió él, y apretó obstinadamente la mandíbula—. Soy su padre. No quiero que la gente diga que no hice lo que tenía que hacer.

—Y yo te estoy diciendo que no puedo aceptar que me pases dinero. Y lo digo en serio —le espetó ella, cruzándose de brazos desafiante.

El orgullo masculino podía resultar tan frustrante a veces… En ese sentido Beau había sido más «llevadero». Siempre estaba dispuesto a dejar que fuera ella quien pagara. Quizá demasiado.

—Mira, sé que eres una persona pudiente —le dijo Aidan—. Tu apartamento es mucho más grande que mi pub, y has contratado a una niñera y todo eso, pero…

—No es solo que sea una persona «pudiente» —lo interrumpió ella, llena de frustración—. Aidan, soy una de las mujeres más ricas del país —dijo finalmente, escupiendo las palabras que había estado conteniendo–. Estamos hablando de miles de millones. Miles. Siento ser tan franca, pero necesito que entiendas que no estoy tratando de ser amable cuando te digo que no necesito tu dinero.

–¡No fastidies! ¿Es multimillonaria?

Aidan contrajo el rostro al oír a Stanley, uno de sus parroquianos habituales, exclamar aquello.

–¿Por qué no lo dices más alto, Stanley? –lo increpó–. Creo que el resto del pub no te ha oído.

–Perdón –dijo Stan, antes de tomar un buen trago de su pinta de Guinness–. Si yo estuviera con una mujer sexy y multimillonaria, lo gritaría a los cuatro vientos.

–Que cualquier mujer se fijara en ti ya sería un milagro –apuntó Aidan con sorna.

Stan se rio y tomó otro sorbo.

–Probablemente. ¿Pero qué tiene de malo una chica con dinero?

–Nada. Y todo –contestó Aidan.

No le gustaba reconocerlo, pero la gente rica no le hacía mucha gracia. Prefería a la gente de clase obrera, la gente común que trabajaba con sus manos, esas personas que le darían a uno hasta su propia camisa.

Con esas personas nunca buscaban una amistad, movidos por intenciones ocultas. No pretendían sacarte los cuartos, ni auparse en tus hombros para escalar puestos. La mayoría de ellos sabían que jamás llegarían a ser de clase alta, y mucho menos ricos, y les daba igual.

Él había apuntado alto en su vida, había intentado mejorar su situación por su madre y por sí mismo, y le había ido bien. Había llegado a trabajar en una de las mayores y más prestigiosas agencias de publicidad de Madison Avenue, donde había ganado mucho dinero.

Pero era más feliz allí, detrás de la barra en su pub. Había experimentado lo que era pertenecer la clase acomodada, y la experiencia le había dejado un sabor amargo en la garganta.

—¿Esto no tendrá que ver lo que te pasó con esa cursi de Iris, no? —sugirió Stan.

Aidan contrajo el rostro al oírle mencionar a su ex prometida.

—Stan, te di cincuenta pavos para que no volvieras a decir su nombre.

Stan se rascó la desaliñada barbilla pensativamente.

—Dijiste que lo harías. Pero no lo hiciste, al menos que yo recuerde. Así que volveré a decirlo: estás resentido por esa desagradable ruptura que tuviste con Iris.

¿Resentido? Aidan se encogió de hombros.

—Bueno, sí, tal vez lo esté. ¿Tú no lo estarías si tu prometida, que creías que te amaba, te hubiera dejado por un jefe con más dinero y más éxito?

—Ya no era tu jefe —apuntó Stan—. Por entonces ya habías dejado la agencia para venir a hacerte cargo del pub. Recuerdo que ella vino aquí a romper contigo.

—Técnicamente sí. Pero lo que cuenta es que decidió, y encima a las pocas semanas de morir mi padre, que el propietario de un pub no era lo bastante bueno para ella, que si yo ya no iba a ser un ejecutivo con la posibilidad de que me hicieran socio, ya no tenía ningún interés en mí.

–Sí, era una mala pécora. Pero ¿qué te hace pensar que esta mujer con la que estás ahora te haría lo mismo?

–No pienso eso –replicó Aidan sacudiendo la cabeza y pasando la bayeta por la barra.

En un establecimiento como aquel, la mayor parte de las tareas podían hacerse de un modo casi mecánico, sin concentrarse demasiado, y le gustaba, salvo en los días como ese, en que el tener la mente desocupada le hacía ponerse a darle vueltas a las cosas.

–Aunque sí, en general desconfío de la gente rica –admitió–. Porque los ricos cada vez son más ricos, y los pobres más pobres, y los ricos parece que quieran que las cosas sigan siendo así –añadió–. Pero, de todos modos Violet y yo no estamos juntos. Lo estuvimos, y tenemos un hijo en común por culpa de unos cuantos tequilas de más y un preservativo que no hizo su función. No creo que esté interesada en…

–¿En seguir acostándose contigo?

–Eres un dechado de delicadeza, Stan –dijo Aidan con sorna–. Pero sí, el sexo es una cosa, y tener una relación de verdad es algo totalmente distinto.

–No veo por qué no puede interesarle solo porque sea algo distinto.

–Bueno, no vino corriendo a buscarme cuando se enteró de que estaba embarazada. Y francamente, ¿tú lo habrías hecho en su lugar? No soy más que el dueño de un pequeño pub que intenta mantenerse a flote. Seguro que le da vergüenza hablarle a la gente de mí.

—Creía que se había dado un golpe en la cabeza y tenía amnesia o algo así.

—Eso dice.

—¿Y no la crees?

Aidan suspiró y apoyó los codos en la barra.

—No lo sé. Suena bastante rocambolesco. Me parece más probable que quisiera olvidarse de que me había conocido, y que cuando se encontró entre la espada y la pared se inventó esa historia para no quedar como la mala de la película.

—O puede que de verdad tuviera un accidente y sufriera amnesia. Al fin y al cabo no te ha puesto ninguna pega para ver al chico ni nada de eso, ¿no?

Sí, en eso tenía razón, y eso era parte del problema. No le parecía el tipo de mujer que se inventaría una historia como esa. De hecho, su alivio al oír su nombre y atar cabos le había parecido sincero.

—Deja que te pregunte una cosa —añadió Stan—: dices que dudas que ella pueda querer nada contigo. Pero, ¿y tú? ¿Querrías tener una relación con ella?

Aidan apretó la mandíbula y sopesó su respuesta. Tenía muy claro que la deseaba. ¿Cómo podría no desearla? Era la criatura más hermosa y sensual que se había cruzado en su camino. Pero esa era la Violet que había entrado en el pub hacía un año y medio. ¿Podría ser la Violet multimillonaria, la Violet de la alta sociedad igual de desinhibida? El haber descubierto, a la luz del día, quién era, cambiaba las cosas.

Como Stan había dicho, no sentía precisamente simpatía por la gente rica, y solo por lo que le habían hecho Iris y ese baboso de Trevor. Se había quemado más de una vez por culpa de gente con más dinero que fibra moral, y tal vez Violet no entrara en esa categoría, pero de eso no podía estar seguro. Como ella misma había apuntado esa tarde, no sabían demasiado el uno del otro. Hasta no hacía tanto ni siquiera sabía cómo se apellida, dónde vivía, ni a qué se dedicaba. Lo que sí conocía a la perfección, lo que se había grabado a fuego en su mente, era cada curva de su cuerpo, el tacto de su piel, los suaves gemidos que emitía justo antes de alcanzar el orgasmo…

—Es demasiado pronto para responder a eso —contestó al fin—. Es complicado.

Por el rabillo del ojo, vio que otros dos parroquianos lo llamaban. Querían otra ronda. Aidan les sirvió otras dos pintas, se las llevó, y volvió a con las jarras vacías.

—Todas las relaciones son complicadas —apuntó Stan, cuando volvió a ponerse detrás de la barra—. ¿Qué podría hacer que esta lo fuera más de lo habitual?

—¿Aparte de que Violet está podrida de dinero? —le espetó Aidan—. Y también está la cuestión de que, si tuviéramos una relación y se torcieran las cosas, podría complicar el asunto de la coparentalidad.

—¿Coparentalidad? —repitió Stan, torciendo el gesto—. ¿Eso qué es, criar a un hijo juntos?

—Sí, así es como lo llaman ahora.

—Cuando yo era joven lo llamaban «matrimonio».

Aidan pensó que era una suerte que sus padres, que habían sido devotos católicos como buenos irlandeses, ya hubieran muerto, porque les habría dado un síncope al enterarse de que había dejado embarazada a una mujer a la que apenas conocía y que aunque tenían un hijo en común no tenían pensamiento alguno de casarse.

—Sí, bueno, Violet ni siquiera ha sacado el tema, y tampoco me extraña. ¿Por qué iba a querer casarse conmigo? No me necesita para criar a nuestro hijo. Tiene una fortuna, el apartamento más grande que he visto en mi vida, una niñera interna… Estoy seguro de que para ella, el que haya reaparecido en su vida, no es más que una complicación. Y si está permitiéndome formar parte de la vida de Knox es solo por amabilidad. No hay nada que pueda ofrecerles, ni a ella ni a mi hijo.

—Eso no es verdad —trató de reconfortarlo Stan. Algo nada sencillo, sin duda para un hombre mayor, rudo y fornido que trabajaba en la construcción—. Eres el padre de ese chiquillo. O al menos estás bastante seguro de que lo eres. Y en cuanto tengas los resultados de la prueba de paternidad y lo sepas con seguridad, ya no habrá nada que pueda cambiar eso, y ningún otro hombre debería ocupar ese lugar en la vida del chico. No necesitas dinero ni un trabajo de postín para estar a su lado. Solo tienes que hacer de padre, eso es lo que cuenta. Mucho más que el que desangres tu cuenta bancaria para intentar pagarle un colegio privado carísimo o algo así. De eso puede ocuparse ella. Tú céntrate en lo que se te da bien.

—¿Y qué es lo que se me da bien? —inquirió Aidan—. Solía dárseme bien conseguir que la gente comprase cosas que no necesitaba. En el instituto era un *pitcher* de béisbol bastante bueno. Sé tirar la cerveza perfecta. Pero ninguna de esas habilidades me servirá de nada con mi hijo.

—Tú limítate a ser lo mejor que puedas como padre —gruñó Stan—. Tan difícil no será, ¿no?

—No lo sé. ¿Cómo puedo saber qué tengo que hacer para ser un buen padre? —inquirió Aidan.

Stan entornó los ojos.

—Bueno, también es verdad que en tu padre no tuviste el mejor ejemplo —admitió. Llevaba yendo al pub desde mucho antes de que Aidan se hiciera cargo de él, y había sido un buen amigo de su padre, Patrick Murphy—. Pero te conozco desde que eras un chaval, y te has convertido en un buen hombre. Renunciaste a tu carrera para ocuparte del negocio tras la muerte de tu padre, cuidaste de tu madre cuando enfermó, que Dios la tenga en su gloria. Y sabrás ser un buen padre porque eres una buena persona; estoy seguro.

Aidan sopesó sus palabras antes de asentir.

—Tienes razón —dijo finalmente—. Estar al pie del cañón es más de lo que hacen algunos padres. Lo que pasa es que no sé si en el caso de Knox con eso bastará.

—¿Por qué no iba a bastar?

—Porque no podré comprarle un deportivo, o mandarle a una universidad de la Ivy League como otros padres. Pero quiero jugar con él al béisbol, y llevarle a su primer partido de los Yankees. Y quiero enseñarle a ser un hombre fuerte y honrado, para que cuando crezca, a pesar de tener una fortuna, no abuse de su poder. Y también quiero que tenga una infancia normal.

—¿Qué entiendes por «normal»?

—Pues no lo sé, pero no es normal que el día que naces tus abuelos te abran un fondo fiduciario. Ni tampoco que te manden a un colegio interno o que se ocupe de ti una niñera –dijo Aidan sacudiendo la cabeza–. La cuestión es que mi hijo va a ser un niño rico, eso es un hecho. Y lo único que podré hacer será intentar educarlo para que sea un chico sensato y no un niño mimado y odioso.

–Pues buena suerte –dijo Stan, antes de apurar su pinta de cerveza. Se bajó del taburete y se puso el abrigo–. Hasta luego, muchacho.

Aidan se rio y se despidió con la mano.

–Hasta luego, Stan. ¡Y gracias!

Capítulo Cinco

Cuando sonó el telefonillo, Violet apretó los dientes, irritada. Esa mañana, al entrar en la cocina, se había encontrado con que estaba toda encharcada, y a partir de ahí el día había ido cuesta abajo. Estaba que echaba chispas tras horas de llamadas y más llamadas, las idas y venidas de los fontaneros y los obreros, y el papeleo de la compañía de seguros.

Por eso, cuando contestó y el conserje le informó de que tenía una visita no le cayó demasiado bien, pero como era Aidan le dijo que lo dejara subir.

Al salir del ascensor y encontrarla esperándolo en el recibidor con la puerta abierta de par en par y un enorme ventilador industrial funcionando detrás de ella, Aidan parpadeó sorprendido.

—¿Qué ha pasado? —inquirió, esquivando el ventilador para entrar.

Violet suspiró y señaló la zona catastrófica que antes había sido su cocina.

—Parece ser que una de las tuberías del baño de arriba estaba picada y ha reventado durante la noche. El agua hizo que se hundiera el techo de la cocina y hemos amanecido con la mayor parte del apartamento encharcado. Es una de las alegrías de vivir en un edificio de antes de la guerra, supongo —comentó con sorna.

Aidan miró a su alrededor y apretó la mandíbula.

—Pues va a llevar lo suyo que te arreglen este desaguisado. Tendrán que cambiarte los suelos de madera, que ya se están combando, y también las vigas del techo. Además, el aislamiento habrá absorbido el agua de las paredes que se hayan mojado y puede que también tengan que romper y cambiar los paneles de yeso. Y tal vez hasta tengan que cambiarte los armarios de la cocina. Va a ser un trabajazo.

—Vaya, sabes mucho de construcción —comentó Violet asombrada.

Aidan se encogió de hombros.

—He hecho alguna que otra chapuza. El pub se inundó hace unos años y tuve que ayudar a mi padre con las reparaciones. Y tengo intención de hacer yo las reformas que sean necesarias en la casa de mis padres cuando tenga el dinero de la subvención para poder estirarlo al máximo, aunque me lleve más tiempo. ¿Te han dicho para cuándo tendrán acabadas las reparaciones?

—No, pero yo les he dado una semana para que terminen lo esencial. Les he dicho que si lo hacen bien quizá vuelva a llamarles más adelante para que me reformen la cocina. De todos modos pensaba hacerlo antes o después.

—Una semana no me parece mucho para todo lo que tienen que arreglar.

—Bueno, por lo que les voy a pagar, ya pueden ingeniárselas para tenerlo arreglado para entonces. Nunca he soportado alojarme en un hotel más de una semana, y eso fue antes de tener un bebé. Y Tara tendrá que venirse con nosotros, además. Hasta una suite en el Plaza acabará resultándonos claustrofóbica con todas las cosas de Knox.

–¿El Plaza? –repitió Aidan, mirándola con una cara rara–. ¿Lo dices en serio?

–Pues claro –contestó Violet, que no entendía muy bien por qué le parecía tan extraño. Estaba al final de la calle y era lo más práctico–. Ya he hecho la reserva. No podemos quedarnos aquí con los obreros entrando y saliendo. Tara está guardando sus cosas y las de Knox.

–¿Y no tienes a algún familiar con quien podáis quedaros? ¿Qué me dices de tus padres?

Violet reprimió una risita, tapándose la boca, y sacudió la cabeza.

–No, gracias. Prefiero mil veces alojarme en un hotel. Ya te he contado cómo son.

–¿Y si os vinierais a mi apartamento?

Violet se quedó mirándolo y frunció el ceño.

–¿A tu apartamento? No seas ridículo.

–No sé qué tiene de ridículo –replicó él–. No es como el Plaza, ni mucho menos, pero tengo dos dormitorios bastante espaciosos. Y una cocina, cosa que no tendrás en el Plaza. Además, estoy en el pub, trabajando, la mayor parte del día, así que estaréis a vuestras anchas. Y solo será una semana, y así yo podría pasar más tiempo con Knox.

Violet trató de no sentirse dolida por el hecho de que no tuviera interés en pasar también más tiempo con ella. En cualquier caso, se le planteaban unas cuantas dudas.

–Es muy amable por tu parte, pero… dos dormitorios… –repitió–. Para tres adultos y un bebé.

¿Dónde esperaba que durmieran?

—Tara y Knox pueden compartir la habitación de invitados. Allí cabe perfectamente la cuna de Knox. Tú puedes dormir en mi habitación. Y yo…

Cuando sus ojos se encontraron, Aidan se quedó callado y el corazón a Violet le palpitó con fuerza. Compartir un apartamento, un dormitorio, la cama… Daba igual que fuera por una semana, un día o una hora. No estaba segura de tener la fuerza de voluntad suficiente como para mantener las distancias con Aidan.

—Y yo… dormiré en el sofá.

Bueno, tal vez no tuviera que poner a prueba su fuerza de voluntad, después de todo. Pero, aun así… no podía aceptar su ofrecimiento. Además, alojarse en el Plaza no supondría ninguna molestia, todo lo contrario: les lavarían la ropa, tendrían servicio de habitaciones…

—No, en serio, Aidan, no quiero causarte molestias. En el hotel estaremos bien. Además, van a mandar una furgoneta a recogernos, con todas nuestras cosas, dentro de una hora.

Aidan tomó el teléfono móvil de Violet, que estaba sobre la encimera de la cocina, y se lo tendió.

—Llama y cancélalo.

—¿Qué? ¿Por qué?

Violet le quitó el teléfono de la mano, pero no hizo ademán alguno de llamar, sino que se lo guardó en el bolsillo trasero de los vaqueros.

—Porque no voy a permitir que mi hijo y tú os vayáis a un hotel cuando yo puedo echaros una mano.

—¿Has dicho que no lo vas a «permitir»? —inquirió ella, sin poder evitar que su tono sonara algo áspero.

No le gustaba tener que pedirle permiso a nadie para hacer lo que consideraba que tenía que hacer. En su adolescencia sus padres habían criticado cada paso que había dado, pero al crecer había decidido que a cualquiera que intentase decirle lo que tenía que hacer, le diría que se metiese en sus asuntos.

—¿Quién te crees que eres para decirme lo que puedo o no hacer? Soy una mujer adulta, además de madre soltera que toma sus propias decisiones.

Aidan abrió mucho los ojos y levantó las manos para aplacarla.

—No quería decir eso. Solo quería poder tener un gesto contigo. Te has portado tan bien, ayudándome con la solicitud de la subvención, y te has mostrado tan abierta con lo de la custodia de Knox… No hay mucho más que pueda hacer por vosotros. Estoy seguro de que en el Plaza estaríais bien, porque es mucho más de lo que yo puedo ofreceros, pero… por favor, deja que haga esto por vosotros.

Violet suspiró y se cruzó de brazos. ¿Cómo podría resistirse a la súplica en los ojos de Aidan?

—Bueno, la verdad es que me vendría muy bien poder tener una cocina para prepararle a Knox sus comidas —admitió.

En el Plaza solo tendrían un minibar, y dudaba que en el menú del servicio de habitaciones ofrecieran papillas o biberones.

—Y supongo que si vemos que la cosa no funciona o que estamos como sardinas en lata, Tara, Knox y yo siempre podríamos irnos al Plaza —añadió pensativa.

La amplia sonrisa que se dibujó en el rostro de Aidan fue el mejor agradecimiento que podría haber recibido por su parte.

—Por supuesto –dijo–. Y si así fuera os ayudaré a trasladar allí vuestras cosas. Pero ya verás como no será necesario; todo irá bien.

Violet no estaba tan segura, pero siempre sería mejor que tener que quedarse allí, en su apartamento, que estaba hecho un desastre, durante los próximos días.

—Gracias, Aidan. Es muy amable por tu parte. Espero que no te arrepientas. A Knox le están saliendo los dientes y a veces el pobre se pone a berrear y no para.

—No pasa nada. Me he perdido tantas cosas de sus primeros meses de vida que aguantaré que llore lo que tenga que llorar si le duelen las encías –repuso Aidan–. Todo sea por poder pasar un poco más de tiempo con él. Y contigo –añadió mirándola a los ojos, antes de levantar la muñeca para ver la hora en su reloj–. Escucha, me voy corriendo a casa para limpiar un poco y tenerlo todo listo cuando lleguéis –le garabateó la dirección en un papel–. Sobre las dos tengo que estar en el pub, así que si llegáis después de que me haya ido necesitaréis esto –añadió, tendiéndole el papel y una llave.

Violet los tomó.

—Gracias, Aidan.

Él asintió y, cuando se hubo marchado, Violet bajó la vista a la llave en su mano. El cosquilleo de nervios que sentía en el estómago le hizo pensar que tal vez se hubiera equivocado al aceptar su ofrecimiento. Y el anhelo que había inflamado su pecho cuando la había mirado a los ojos no era sino una confirmación de ese presentimiento. Si no quería tener una relación con él, tendría que andarse con mucho cuidado, pero, en cualquier caso, ya no podía dar marcha atrás. Además, solo sería una semana, se recordó, y subió las escaleras con un suspiro de resignación para contarle a Tara el cambio de planes.

Aidan abrió muy despacio la puerta de su apartamento y entró de puntillas. Había tenido que irse a trabajar mientras Tara y Violet aún estaban instalándose y colocando sus cosas y las de Knox, y aunque había llamado varias veces durante la tarde y Violet le había asegurado que todo iba bien, le había parecido notarla algo angustiada. Claro que después de haber empezado el día con el agua hasta los tobillos, y haber acabado en un apartamento ajeno, tampoco era de extrañar.

Estaba todo en penumbra y reinaba el silencio. Casi parecía como si nada hubiera cambiado, salvo por unos detalles aquí y allá: biberones en el escurreplatos, el cochecito en el recibidor… y Violet acurrucada en el sofá con un libro.

La única luz encendida era la de la lámpara de pie junto al sofá, que derramaba su luz sobre ella, iluminándola como si fuera un ángel. Se había recogido el oscuro cabello con un moño deslavazado, y llevaba puesto un pijama de seda azul marino.

Cuando finalmente alzó la vista hacia él y le dirigió una sonrisa serena, su corazón palpitó con fuerza.

–Hola –la saludó.

–Hola –respondió Violet, colocando el marcapáginas antes de cerrar el libro.

–No esperaba encontrarte levantada.

Esa noche no había sido él quien había cerrado el pub, pero cuando lo hacía podían ser más de las cuatro de la mañana cuando llegaba a casa.

–Tenía demasiadas cosas en la cabeza –murmuró Violet, levantándose del sofá y yendo junto a él–. ¿Qué tal el trabajo?

–Igual que todas las noches –respondió él. No quería aburrirla con las historias de los borrachos con los que tenía que lidiar a diario–. ¿Ya habéis terminado de instalaros? ¿Está todo a vuestro gusto?

–Está todo perfecto. Yo también he estado trabajando un poco. Esta mañana cuando miré mi correo vi que me había llegado un mensaje del presidente de la fundación. La junta se reunió esta mañana, y te alegrará saber que han aprobado tu solicitud por la suma total que nos pediste.

Casi se le paró el corazón. Le costaba creerlo.

–¿En serio?

Violet asintió con una sonrisa y, sin poder contenerse, Aidan la agarró por la cintura y la levantó en volandas, haciéndola girar con él.

–¡Tenemos el dinero! –exclamó él riendo.

Violet también se rio, pero le chistó, recordándole que Knox estaba durmiendo. Tenía razón: eran las tres de la madrugada; no era hora de celebraciones.

La bajó lentamente, torturándose a sí mismo con el roce de su cuerpo hasta que sus pies descalzos tocaron de nuevo el suelo. El corazón le latía como loco. No quería soltar a Violet ahora que la tenía entre sus brazos.

Aunque Violet tampoco hizo ademán de apartarse, sino que se quedó allí plantada, como él, tratando de recobrar el aliento. Le aliviaba saber que el estar tan cerca el uno del otro tenía el mismo efecto sobre ella que sobre él, pensó mientras admiraba el rubor de sus mejillas.

—Perdona —le susurró, apoyando su frente en la de ella—. Es que necesitaba desesperadamente una buena noticia como esa.

Violet se quedó callada un momento, como si estuviera escuchando.

—Creo que no hemos despertado a Knox —siseó con un suspiro de alivio—. Aunque no gracias a ti —lo picó con un brillo travieso en los ojos, dándole una guantada en el pecho.

Aidan contrajo el rostro, fingiendo que le había dolido, pero lo que sintió fue un cosquilleo de placer cuando la mano de Violet no solo permaneció en su pecho, sino que subió y bajó lentamente por él. Se moría por arrancarse la camisa para que pudiera deslizar los dedos por entre el vello de su pecho como había hecho aquel fin de semana, hacía un año y medio. Aún recordaba el sensual roce de sus uñas.

No, no debía pensar en esas cosas. No había nada entre ellos. Y el compartir el apartamento con ella durante una semana no cambiaría nada.

—¿Aidan? —lo llamó Violet en un tono quedo.

Su voz había sonado a la vez como una pregunta y como un ruego, y sabía cómo debía contestar. Se inclinó y posó sus labios sobre los de ella. Y en el instante en que sus labios se tocaron, fue como si se abriese un agujero en el tiempo y los tragase a ambos. De pronto volvían a estar juntos, quince meses atrás, sin ninguna de las complicaciones ni de las repercusiones que habían surgido. Eran solamente un hombre y una mujer entregándose al placer de estar en los brazos del otro.

Violet no se sobresaltó, ni se apartó de él. De hecho, respondió al beso, abriendo la boca para acariciar su lengua con la suya, y sus suaves curvas se fundieron con su cuerpo. Aidan gimió contra sus labios, y rogó por que ese gemido no hubiera sonado demasiado alto. No quería que ni la niñera, ni el llanto del bebé, ni ninguna otra cosa, interrumpieran aquel momento. Había fantaseado tantas veces con la oportunidad de tenerla de nuevo entre sus brazos… Se había pasado quince meses preguntándose si seguiría siendo solo un recuerdo y nada más.

–¿Aidan? –lo llamó ella de nuevo, despegando sus labios de los de él.

–¿Sí? –inquirió él, rogando también por que no fuera a pedirle que pararan.

No se sentía preparado para renunciar a aquel momento, aunque fuera una mala idea. Ya pensaría en eso por la mañana.

–Llévame a tu habitación –le susurró Violet, para su sorpresa.

El corazón le dio un brinco de alegría y no vaciló ni un instante. La tomó de la mano y la condujo hasta allí. Suerte que su dormitorio y el cuarto de invitados estaban separados por la cocina, dándoles un poco de privacidad.

Cuando hubieron entrado cerró con cuidado la puerta, y con esa barrera levantada entre ellos y el mundo exterior, fue como si una presa se viniera abajo, y la poca fuerza de voluntad para contenerse que Aidan hubiera tenido, se esfumó y se apoderó de él un ansia por desnudar a Violet y meterse en la cama con ella.

Parecía que ella estaba pensando lo mismo, porque los dos empezaron a tirarse de la ropa, y pronto el pijama de Violet y toda su ropa fueron cayendo al suelo. Y en cuanto un centímetro de piel quedaba al descubierto, de inmediato comenzaban a besar y acariciar ese nuevo territorio antes de seguir desvistiéndose.

Y al poco rato estaban los dos completamente desnudos y arrojándose sobre la cama. Rebotaron sobre el colchón, y siguieron besándose entre risas, antes de apartar la ropa de la cama y los almohadones para que no les molestasen.

Aidan sabía que no durarían mucho. Después de todos esos meses no había tiempo para preliminares; los dos necesitaban saciar el ansia que los consumía.

—Un preservativo —le siseó Violet, jadeante, mientras él se arrodillaba entre sus muslos y succionaba uno de sus senos.

Y cuando la tocó, presionando los dedos contra sus pliegues húmedos, supo que Violet tenía razón, que si no paraba en ese momento para ponerse un preservativo, haría algo que los dos acabarían lamentando.

Aunque el haber hecho lo correcto la última vez tampoco había supuesto ninguna diferencia. Habían utilizado preservativo cada vez que lo habían hecho, pero aun así Violet se había quedado embarazada. Pero bueno, mejor era prevenir, por si acaso.

Abrió el cajón de la mesilla, sacó un preservativo, y en cuanto se lo hubo colocado volvió a besarla mientras le acariciaba los pechos. Luego deslizó las manos a las caderas, y la asió por las blandas nalgas, sujetándola para penetrarla. Y cuando se hubo hundido por completo en ella, dejó escapar un suspiro tembloroso de alivio.

Había creído que jamás volvería a experimentar aquella divina sensación de estar dentro de Violet, y en cambio, contra todo pronóstico, allí estaba, en su cama.

Violet le rodeó las caderas con las piernas, haciéndolo hundirse aún más en ella, y Aidan gimió contra sus labios.

–Dámelo todo… –le susurró Violet, con un brillo travieso en los ojos.

Aidan no vaciló en complacerla y comenzó a moverse, embistiéndola con fuerza, una y otra vez, en medio de los gemidos de Violet, que había apretado el rostro contra su cuello para ahogarlos, a la vez que le besaba y le mordisqueaba.

Aquello era demasiado para él y, por más que hubiera querido alargar aquel momento, hacer que se prolongara la noche entera, sabía que no resistiría mucho. Violet era demasiado hermosa, y el placer demasiado intenso. Sabía que estaba a punto de llegar al clímax cuando Violet se revolvió debajo de él y empezó a arquear las caderas. Él respondió, sacudiendo las suyas más y más deprisa, hasta que notó que Violet comenzaba a tensarse debajo de él.

Poco después alcanzó el orgasmo con un grito ahogado, al tiempo que le clavaba las uñas en la espalda. Echó la cabeza hacia atrás, se arqueó contra él, y comenzó a estremecerse con espasmos de placer. A la vez, los músculos internos de su vagina se cerraron en torno a su miembro, y Aidan, que ya no podía más, se dejó ir también.

Aidan se incorporó jadeante, apoyándose en los codos, y rodeó sobre el costado para quitarse de encima de ella. Y entonces fue cuando se dio cuenta de que no estaba muy seguro de qué debía hacer. Después de haber dado aquel salto, de haberse acostado juntos de nuevo, ¿en qué punto se encontraban? ¿Debía considerarlo como algo de una sola noche? ¿Querría Violet que se quedara en la cama con ella, o se instalaría entre ambos una sensación incómoda? Por encima de todo, quería evitarles a los dos una situación embarazosa, porque iban a pasar una semana entera bajo el mismo techo, así que se levantó y fue al cuarto de baño para deshacerse del preservativo.

Ese era el primer paso. Ya se preocuparía luego del resto. Cuando volvió al dormitorio, agarró una almohada y unos pantalones de chándal para irse a dormir al sofá. Sería más fácil así que preguntarle si quería que se fuera.

—¿Adónde vas? —inquirió Violet.

Aidan se encogió de hombros.

—A dormir en el sofá.

Violet enarcó una ceja y se rio mientras se incorporaba, apoyándose en los codos.

—¿De verdad te parece que hace falta después de lo que acabamos de hacer?

Era una buena pregunta. En parte se sentía aliviado de que no quisiera que se marchase, pero le había prometido que aquella habitación sería para ella y que él dormiría en el sofá. No quería romper su palabra, pero con ella ahí, desnuda en su cama sobre las sábanas revueltas, con los labios hinchados y el cabello alborotado…

La verdad era que se moría por hacerle el amor de nuevo. Sin prisas, una segunda oportunidad para tomarse su tiempo y deleitarse con cada centímetro de su cuerpo. Tal vez por la mañana, a la luz del día, todo hubiera cambiado, y debía aprovechar la ocasión mientras pudiera. ¿O no?

—No sé, es que… —murmuró.

—¡Vuelve a meterte en la cama ahora mismo! —le ordenó ella al verlo vacilar. Y luego sonrió y con un brillo perverso en los ojos, añadió—: Aún no he acabado contigo.

Y al oírle decir eso Aidan no se lo pensó dos veces y obedeció.

Capítulo Seis

A Violet le estaba costando trabajo concentrarse. Aidan estaba con ella, en su despacho, y se suponía que estaban repasando los planes y el papeleo para su subvención, pero no lograba centrarse.

Sabía que debería estar arrepintiéndose por lo de la noche anterior, pero lo cierto era que no tenía la sensación de que haberse dejado llevar por el deseo hubiese sido un error. De hecho, le había parecido lo más natural del mundo. Era difícil negarse algo que sabía que los dos ansiaban. Tanto lo deseaban, que habían acabando haciéndolo cuatro veces antes de que saliera el sol, y a cada movimiento que hacía, las agujetas se lo recordaban.

Su situación era ahora más complicada de lo que lo había sido aquel fin de semana de hacía un año y medio, cuando se habían acostado por primera vez. Intentó no caer en la trampa de preguntarse qué pasaría si iniciaran una relación, y cómo manejarían el que llegara a oídos de otras personas. A ella no le importaba el estatus social de Aidan, que tuviera un negocio modesto y poco dinero, pero sabía que a ciertas personas de su entorno sí les importaría, como a sus padres, o a los amigos de estos. Quería proteger a Aidan de ellos, de quienes lo juzgarían y cuchichearían de él.

Pero como no había nada serio entre ellos, no tenía sentido que se preocupara. Además, sí, tenían un hijo en común y durante un corto periodo de tiempo iban a compartir apartamento, pero que hubieran hecho el amor la noche anterior no implicaba que fueran a acabar teniendo una relación. Dejarse llevar por la atracción y divertirse era casi terapéutico, una manera mejor de liberarse del estrés que una copa de vino o ir al gimnasio, pero… ¿podría el sexo llevarles a algo más?

Al levantar la vista de los papeles que tenía delante, se encontró a Aidan mirándola con una sonrisilla traviesa en la cara.

–¿Qué? –inquirió ella, sintiendo que se le subían los colores a la cara.

–Que no me estás escuchando. Es como si tuvieras la cabeza en otra parte.

Violet se mordió el labio, azorada, y sacudió la cabeza.

–No, sí que estaba escuchándote. Perdóname, es que por un momento me he quedado en mis pensamientos.

Aidan le señaló con el dedo una sección de los papeles que estaban discutiendo y que él había resaltado con un fluorescente amarillo.

–Te estaba preguntando por esta sección en la que se comenta que la fundación me ayudará a conseguir donantes para mi proyecto. ¿Cómo vamos a hacer eso?

Violet inspiró profundamente y se esforzó por centrarse. No debería ser tan difícil; se sentía mucho más cómoda hablando de trabajo que pensando en lo que podría o no haber entre ellos.

—Aunque vamos a proporcionarte fondos, también te proporcionaremos contactos con personas y organizaciones interesadas en colaborar con causas benéficas. Normalmente organizamos algún tipo de evento para ayudaros a conseguir su apoyo y recaudar fondos adicionales.

—¿Qué clase de eventos?

Violet sacó algunas invitaciones de eventos de otros años que guardaba como ejemplos.

—A veces organizamos carreras benéficas. También hacemos fiestas temáticas, que suelen tener muy buena acogida. Conciertos… Bueno, creo que con eso puedes hacerte una idea. Las galas son probablemente con lo que tenemos más éxito. Recuperamos sin problemas el dinero que invertimos en ellas, y no tienes que pagar a las celebridades para que vengan. Les gustas vestirse y asistir a esa clase de actos, y si encima son benéficos, mejor. Pero en general la idea es hacer algo para conseguir publicidad para el proyecto.

Aidan le echó un vistazo a las tarjetas con expresión pensativa.

—Nunca me imaginé haciendo algo a esta escala.

—Pues no te queda otra si quieres dar a conocer tu proyecto. Por cierto, ¿cómo vas a llamarlo?

Aidan se echó hacia atrás en su asiento y lo consideró un momento.

—Al principio estuve pensando en llamarlo algo así como Un Paso Más, pero al final he decidido algo más sencillo, como El Hogar de Molly. Ese era el nombre de mi madre, y al fin y al cabo era su casa. Soñaba con poder ayudar a personas como mi padre a recuperarse de su alcoholismo, ya que a él no pudo salvarlo.

—¿Tu padre era alcohólico?

Aidan asintió.

—Es lo que acabó matándolo, y no puedo evitar pensar que el estrés de todos esos años contribuyó también a la enfermedad de mi madre.

Debía haber sido muy duro para él perder a su padre y a su madre con solo unos años de diferencia. Y aunque ya era adulto cuando habían fallecido, parecía que la pérdida de ambos había marcado en cierto aspecto el rumbo de su vida. Por ejemplo, se había hecho cargo del pub de su padre y lo había reflotado. Y ahora estaba luchando por abrir aquel centro en memoria de su madre cuando habría sido mucho más sencillo vender la casa y pasar página.

Apreciaba lo mucho que se preocupaba por la gente a la que quería. Sería un gran padre para Knox, y también un buen marido para la afortunada que le echase el lazo. Y por algún motivo dudaba que pudiera ser ella, aunque quisiera que así fuese.

—Un nombre estupendo —le dijo, alcanzando un formulario para escribirlo donde correspondía.

Necesitaba centrarse en el evento que organizarían y dejar de pensar en quién sería la afortunada que un día se casaría con Aidan.

—¿Qué te parecería un baile de máscaras? —le sugirió—. Pediríamos a los invitados que se vistan de gala y que lleven máscaras venecianas. Nos saldríamos un poco de lo habitual, y creo que la gente lo pasaría bien.

Aidan asintió.

—Me gusta la idea. Y creo que a mi madre también le habría gustado. Sobre todo lo de las máscaras. Cuando era niño siempre se esforzaba por hacerme buenos disfraces para Halloween.

—Estupendo. Seguro que además de recuperar los gastos del alquiler del local, de la orquesta, el catering y demás aún quedarán beneficios por la venta de las entradas para El Hogar de Molly. Aunque como te decía, lo más valioso que se consigue con estos eventos son los contactos con personas y organizaciones que quieran donar, el dinero también te vendrá bien. Y a lo mejor podríamos hacer algo adicional para recaudar más, como una rifa. Podríamos convencer a alguna empresa para que donen algo de valor que podamos rifar, como un collar de diamantes o un coche. O podríamos tratar de pensar en algo que tenga más sentido para ti, o que vaya más con la filosofía de El Hogar de Molly.

Aidan frunció el ceño, pensativo, y se pasó una mano por el pelirrojo cabello.

—¿Qué tal un viaje?

No era mala idea. Nunca habían rifado un viaje.

—¿Qué clase de viaje?

—Mi madre siempre quiso ir a Irlanda. Su sueño era visitar el pueblo del que procedía su familia, y visitar los lugares importantes en los alrededores. Tras la muerte de mi padre incluso hizo planes para ir con un grupo de mujeres de la parroquia, pero cuando enfermó tuvo que cancelarlo. Le diagnosticaron un cáncer de páncreas, que por desgracia es muy agresivo y difícil de tratar. Luchó con todas sus fuerzas, pero solo duró unos ocho meses después de su primera visita al oncólogo. Me encantaría que pudiéramos rifar un viaje a Irlanda para dos personas. Querías algo que tuviera sentido para mí, y creo que eso encajaría más conmigo que sortear un BMW.

Violet sonrió. Era la idea perfecta, y a ella jamás se le habría ocurrido.

—Es una idea fantástica. Le pediré a Betsy, mi secretaria, que llame a varias agencias de viajes para ver si pudieran hacernos un precio especial para un viaje para dos con todos los gastos pagados. Y conozco a alguien que trabaja en una compañía aérea, así que quizá podamos conseguir billetes en primera clase. Y puede que algún hotel esté dispuesto a donar una estancia de una semana. Hay que hacer que el viaje sea lo más atractivo posible para que los invitados quieran comprar boletos para la rifa.

Al ver que aquello empezaba a tomar forma, Violet comenzó a entusiasmarse también con el potencial del evento, y dejándose llevar por un impulso, puso su mano sobre la de Aidan. El repentino contacto pareció sobresaltarlo, como si no se lo esperara, pero no apartó la mano, sino que la miró y sonrió. Su ardiente mirada la encendió, como si por sus venas corriera lava. No sabía cómo podía haber despertado de nuevo su deseo, después de todas las veces que lo habían hecho esa noche, pero así era.

En ese momento llamaron a la puerta y separaron las manos apresuradamente. Era su secretaria.

—¿Sí, Betsy? ¿Qué querías?

–Siento interrumpir. Solo quería que supiera que ya está aquí el señor Randall. Está citado a las tres.

–Gracias –Violet bajó la vista a su reloj. El tiempo se le había pasado volando–. Bueno, al menos ya tenemos un plan –le dijo a Aidan–. Con el primer cheque podrás empezar con las reformas de la casa. Y yo mientras tanto iré haciendo los preparativos del baile y te pondré al corriente de lo que vaya consiguiendo a finales de semana.

–Estupendo –dijo Aidan–. Solo veo un problema.

Violet se irguió en su asiento.

–¿Cuál?

–Pues… que has dicho que todo el mundo tendrá que ir de gala, y yo no tengo esmoquin –respondió Aidan con una sonrisa vergonzosa.

Aidan no había tenido un traje caro ni siquiera cuando había estado en la cima de su carrera publicitaria. Había tenido algunos bastante buenos, pero no se parecían ni de lejos a la ropa del escaparate de una boutique masculina de la Quinta Avenida que Violet estaba escudriñando.

Ralph Lauren, Tom Ford, Giorgio Armani… Lo único que él veía eran símbolos de dólar revoloteando por su mente. No debería haberle dicho nada a Violet, ahora se daba cuenta. Había asumido aquello como una misión. Debería haberse presentado en el baile con un esmoquin alquilado, y nadie habría sabido ni a nadie le habría importado de dónde lo había sacado, pero parecía que a Violet sí.

—Creo que un Armani o un Tom Ford serían muy de tu estilo —murmuró—. Esta temporada la tendencia es que sean un poco más entallados, lo cual es perfecto porque así no tendrán que hacerte muchos arreglos.

Aidan la siguió al interior con una expresión desesperada. No podía permitirse ningún esmoquin de aquella tienda, pero parecía que a Violet eso ni se le había pasado por la cabeza, porque avanzó con paso decidido, paseando la mirada a su alrededor. Él, que iba detrás, no pudo evitar distraerse con el movimiento de sus caderas, enfundadas en una falda de tubo negra.

—¿Aidan? —lo llamó de repente, en un tono irritado.

Se había parado en seco y se había girado hacia él. Aidan volvió de inmediato a la realidad.

—¿Sí?

—Yo ya tengo un vestido para la fiesta —le dijo Violet, cruzándose de brazos—. He venido a ayudarte a encontrar un buen esmoquin y ni siquiera me estás prestando atención. Necesito que me digas qué clase de esmoquin quieres o no acabaremos nunca.

—¿Qué tal si me encuentras uno que cueste menos de cuatro cifras? —la desafió él—. No sé qué clase de gente suele acudir en busca de ayuda a la Fundación Niarchos, pero te aseguro que yo no habría ido a solicitaros una subvención si pudiera pagar cuatro de los grandes en un esmoquin que voy a ponerme una sola noche.

Violet frunció el ceño.

—Esa noche será muy importante para ti. Conocerás a gente que te ayudará a que El Hogar de Molly sea un éxito. Y para eso tienes que infundirles confianza y darles buena impresión. Ya sabes lo que se suele decir: no solo hay serlo, sino también parecerlo.

–Yo solo quiero parecerles competente. No quiero que parezca que estoy robando dinero de mi organización benéfica para llenarme los bolsillos.

–Piénsalo de esta manera: un traje bonito y de calidad es una buena inversión. Si escoges el adecuado, podrás usarlo durante toda tu vida.

–Tendré que ponérmelo cada día, porque para poder pagarlo no me quedará otra que vender toda mi ropa.

Violet suspiró y frunció los labios, pensativa. Alargó la mano hacia la etiqueta que colgaba de uno de los trajes del perchero más próximo, y nada más mirar el precio que ponía la dejó caer, pero se volvió hacia Aidan con aire resuelto y le dijo:

–Vamos a encontrarte un traje. Y correrá de mi cuenta. Insisto.

–¡Ah, no, no, no! –exclamó Aidan levantando las manos–. No eres mi hada madrina, y no voy a dejar que me compres un traje para la fiesta. Ni hablar. Antes prefiero ir en chándal.

Y lo decía en serio. Una cosa era que hubiera pedido ayuda a la fundación para crear El Hogar de Molly, y otra muy distinta que dejase que Violet lo convirtiese en su proyecto personal de caridad. No necesitaba su caridad.

–Deja que haga esto por ti, por favor. Para darte las gracias por permitir que nos quedemos en tu apartamento.

La irritación de Aidan iba en aumento.

–Mira, Violet, sé que eres una buena persona, y que

te gusta poder ayudar a los demás, pero tienes que intentar ver esto desde mi perspectiva.

–¿Qué quieres decir?

Aidan se cruzó de brazos para no apretar los puños de pura frustración.

–Soy un hombre adulto, tengo mi propio negocio, llevo las riendas de mi vida. No estoy acostumbrado a que nadie me diga lo que tengo que hacer o cómo tengo que hacerlo. Te he traído conmigo para que me des tu opinión, pero no quiero ni necesito que nadie me escoja la ropa, y mucho menos que me la paguen. ¿Habrías hecho eso con tu ex? ¿Lo habrías tratado como si fueras su Pigmalión? ¿Lo habrías adecentado para que no desentonase en tu ambiente?

–Por supuesto que no –replicó Violet.

–No, porque no necesitaba que lo adecentases, ¿verdad? Porque ya era el novio perfecto, al que tus padres adoraban –le espetó Aidan, sacudiendo la cabeza. Tenía que salir de allí antes de que dijera algo de lo que luego se arrepintiera–. Necesito un poco de aire fresco.

Se dio media vuelta y salió a la calle, abriéndose paso entre la marabunta de compradores y turistas, con la esperanza de que los ruidos de la ciudad acallarían los latidos de su corazón, que resonaban con fuerza en sus oídos. Cuando se hubo alejado una manzana, se sentó en el borde de un macetero alargado e inspiró profundamente para tratar de calmarse.

Al poco rato apareció Violet, que se sentó a su lado en silencio.

–Perdona –dijo al cabo–. No pretendo cambiarte, ni «adecentarte».

Aidan no respondió. Estaba demasiado irritado. Sabía que no era un dandi, como los tipos de clase alta con los que ella se codeaba. No había ido a un colegio privado, ni le habían abierto un fondo fiduciario al nacer. Había estudiado en una universidad pública gracias a una beca, en un intento por medrar en la vida, pero había descubierto que no le había gustado la persona en la que se estaba convirtiendo. Por eso no le había costado nada dejar su trabajo en la agencia de publicidad. Jamás había sentido que encajase allí.

—A veces olvido que la gente reacciona de un modo distinto a mi fortuna —añadió Violet—. Algunos hacen como si no supieran que soy rica. A otros se les nota que les encantaría darme ideas de en qué gastar mi dinero, principalmente en ellos, claro está. A otros casi les repele. Yo, por mi parte, siempre intento darle el mejor uso posible a mi herencia, ayudando a gente que sé que lo necesita, pero lo último que querría es hacerte sentir incómodo. Así que ya está, olvídalo: cómprate tú el traje.

Cuando Aidan se giró para mirarla, vio que estaba sonriéndole.

—Bien. Lo haré —contestó, devolviéndole la sonrisa.

—¡Estupendo! —exclamó ella riéndose y poniéndose de pie—. Pues vamos.

—Pero no quiero nada sofisticado —le advirtió él, levantándose también—. Un esmoquin normal y corriente.

—¿Qué te parece si probamos aquí? —propuso Violet, señalando la tienda a sus espaldas, Bergdorf Goodman—. Tienen muchas marcas y algunos trajes *prêt-à-porter* que podrían servirte.

Aidan entró a regañadientes en la tienda con ella y

empezaron a mirar, pero seguía sin ver nada que pudiera ajustarse al gusto de Violet y ajustarse a su presupuesto.

–Disculpe –llamó Violet a un dependiente que pasaba.

El hombre se detuvo y se volvió hacia ellos con una sonrisa educada.

–Sí, díganme. ¿Puedo ayudarles en algo?

–Pues la verdad es que sí. ¿Tienen alguna sección de trajes con descuentos? ¿O una de fin de temporada?

–Claro, tenemos algunas cosas. Síganme, por favor –les pidió el dependiente. Los condujo a un rincón al fondo, donde había un perchero con unos pocos trajes–. Estos son los artículos que tenemos rebajados.

Aidan sabía que aquello no iba a funcionar. Había una chaqueta de sport de color arena, una americana negra de pana y un par de camisas de vestir. Aquel no era exactamente la clase de sitio donde buscar algo de rebajas. Esa clase de ropa la enviarían seguramente a un *outlet*, no la dejarían colgada a la vista en una selecta boutique en la Quinta Avenida. Dañaría a la firma rebajar sus artículos. Bien lo sabía él, después de los años que había pasado dedicándose al marketing.

Violet le echó un vistazo a las prendas y se volvió de nuevo hacia el vendedor con una sonrisa angelical. Era evidente que estaba decidida a encontrar lo que buscaban, y sin tener que pagar de más.

–Sé que esta pregunta le parecerá extraña, pero… ¿alguna vez les devuelven trajes? Sé que con la calidad de los trajes a medida que hacen aquí no debe ocurrir

77

muy a menudo, pero confiaba en poder encontrar algo para mi amigo –le explicó–. Verá, está al frente de una organización benéfica que va a celebrar un evento para intentar conseguir donantes, y aunque a mí me encantaría escoger un traje a la última y que sus sastres empezasen a tomarle medidas, probablemente se saldrá de su presupuesto.

El hombre, que había estado escuchándola atentamente, asintió, como considerándolo.

–¿Qué clase de organización es?

–Voy a abrir un hogar de transición que se llamará El Hogar de Molly –intervino Aidan–. El propósito es ayudar a personas alcohólicas que están en proceso de rehabilitación, proporcionándoles un espacio controlado para que permanezcan sobrias, y las herramientas necesarias para volver a tomar las riendas de sus vidas antes de volver a la vorágine del día a día. Quiero causar una buena impresión a nuestros donantes potenciales, pero mi presupuesto, como le ha dicho la señorita, es limitado. Si no tienen nada para mí, lo entenderé.

El hombre se quedó pensativo un momento antes de levantar un dedo y decirles:

–Puede que sí tengamos algo.

Desapareció tras una puerta con un cartel donde se leía «Privado», y volvió unos minutos después con un traje guardado en una funda de plástico.

–Este es un esmoquin a medida que hicimos a petición de un cliente. En el último mes le hemos llamado repetidamente para que venga a recogerlo pero no podíamos contactar con él, y esta mañana, al final, nos ha llamado para decirnos que había cambiado de idea y ya no lo quería. Es un Tom Ford entallado de angora y lana mezcla. Puede que necesite algún arreglo, pero creo que podría ser lo que busca.

Aidan observó expectante mientras el dependiente bajaba la cremallera de la funda, para dejar al descubierto un esmoquin negro muy elegante con solapas de satén negro y pajarita. Giró la cabeza hacia Violet, y vio que a esta se le habían iluminado los ojos.

–¿Cuánto cuesta? –le preguntó al dependiente.

No quería probárselo, que a Violet le encantara y luego encontrarse con que tampoco podía permitírselo.

El hombre le echó un vistazo a la etiqueta que tenía colgada la percha, e hizo un cálculo mental.

–Normalmente esta es la clase de artículo que no venderíamos, ya que fue un pedido a medida. Lo habitual es que se lo quede alguno de nuestros empleados, porque les hacemos descuento, o que lo mandemos a un *outlet,* pero en su caso creo que haré una excepción. ¿Podría permitírselo si le hago un setenta y cinco por ciento de descuento?

Aidan miró la etiqueta, y se dio cuenta de que estaba a punto de conseguir a precio de ganga un esmoquin de firma.

–¿En serio?

El hombre sonrió y asintió.

–¿Por qué no me acompaña y se lo prueba? Haré que uno de nuestros sastres vea si hay que hacerle algún arreglo, y puede pasar a recogerlo a finales de semana.

–De acuerdo –dijo Aidan, y lo siguió hasta los probadores.

Cuando estuvieron a solas, se volvió hacia el hombre tras colgar el esmoquin en un gancho de la pared.

—¿De verdad puede hacerme un descuento tan grande? —le preguntó.

—Probablemente no debería —le confesó el hombre—, pero mi padrastro era alcohólico, y agradezco la labor que está intentando hacer, así que me alegra poder echarle una mano.

Capítulo Siete

Al día siguiente, Aidan estaba saliendo del edificio con Knox en su carrito cuando se encontraron con Violet que llegaba.

—¿Adónde vais? —le preguntó.

—¡Eh, hola! No esperaba que volvieras tan pronto.

—Bueno, es que pensé que podía parar y traerme trabajo a casa, o quedarme en la oficina y trabajar hasta las diez, y al final opté por marcharme para conservar la cordura. ¿Vais a dar un paseo con Tara?

—No, le he dado la tarde libre. Mencionó que necesitaba hacer unos recados, y como yo hoy no trabajaba, pensé en llevar a Knox al parque para que pudiera hacerlos sin tener que cargar con él a todas partes.

Por lo tensa que se puso Violet, Aidan intuyó que no le hacía mucha gracia que sacara solo al bebé de paseo.

—Como has llegado temprano, ¿quieres acompañarnos? —le propuso, para calmarla un poco.

—Bueno, supongo que un paseo no me iría mal —respondió Violet, como intentando disimular que le preocupaba que se hiciese cargo de Knox sin ayuda—. ¿Me das un minuto para subir a cambiarme?

—Claro; aquí te esperamos.

Violet subió y volvió al cabo de diez minutos, vestida de un modo más informal. Se había recogido el pelo en una coleta y llevaba unos vaqueros ajustados y una camiseta que resaltaba las curvas de sus senos. Aquel atuendo juvenil le gustaba mucho más que los serios conjuntos que se ponía cada día para ir a trabajar.

Fueron hasta el parque en un silencio relativamente cómodo. Knox miraba el cielo y las copas de los árboles con los ojos muy abiertos mientras chupaba tranquilamente su chupete, contento con aquel paseo en su carrito. Aidan bajó la vista a su hijo y sonrió, y luego, al mirar a su alrededor, comentó en un tono irritado:

—No hay más que niñeras.

Violet se encogió de hombros.

—Es temprano, y estamos en mitad de la semana. La mayoría de los padres están trabajando; por eso tienen que ser las niñeras las que saquen a pasear a sus hijos. O eso, o están en la guardería o en el colegio.

Aidan comprendía que era una necesidad, pero seguía sin gustarle.

—Lo entiendo. Ya sé que hoy en día casi todas las madres trabajan fuera de casa, y estoy de acuerdo en que Tara es una niñera estupenda, pero me preocupa que todos estos niños estén creciendo sin recibir de sus padres el cariño y la atención que necesitan para que al crecer sean adultos equilibrados y emocionalmente sanos.

Violet ladeó la cabeza, mirándolo con curiosidad.

—¿Yo entro en esa categoría o no?

Aunque se sentía como si se hubiera adentrado en un terreno plagado de minas, sabía que tenía que responder con sinceridad si quería convencer a Violet de que deberían criar a su hijo de otra manera.

–Me temo que no. Es evidente que tus padres y tú tenéis problemas. No te conozco lo bastante bien como para saber cómo te afecta eso en tu vida diaria, pero ya he visto algunas muestras de ello.

Violet se paró en seco y puso los brazos en jarras.

–¿Qué significa eso?

–Pues, por ejemplo, lo veo en la perfección que te exiges a ti misma y a los demás. También en la preocupación constante y sin fundamento que tienes con que no vas a tomar las decisiones correctas. Y es absurdo, porque eres lo más próximo a la perfección que he encontrado hasta la fecha, aunque sé que no me creerás. Solo oyes las críticas de tus padres. No entiendo por qué te importa tanto su opinión.

Violet suspiró y apartó la mirada.

–Su opinión es importante para mí porque de niña estaba siempre ávida de atención. Pasaba la mayor parte del tiempo al cuidado de alguna de las niñeras que tuve. Mis padres siempre estaban trabajando, o viajando. Sentía que tenía que ser la mejor en todo para que me prestaran atención, pero nada de lo que hacía parecía suficiente para ellos. Terminé el instituto con las mejores calificaciones de mi clase, fui a la universidad que querían, estudié la carrera que querían, me comprometí con el hombre que querían… y aun así no estaban contentos. He estado viviendo la vida que ellos querían para mí, no yo.

Aidan no estaba precisamente ansioso por conocer a los padres de Violet, y aunque fueran los abuelos de Knox, no iba a permitir que menospreciaran e hipercontrolaran a su hijo como hacían con ella.

–Deberían estar encantados de tener una hija como tú; da igual con quien salgas o lo que hagas con tu vida.

Violet se volvió hacia él y escrutó su rostro, como si no creyese sus palabras. Era algo que Aidan no podía comprender.

–Independientemente de lo que puedas pensar de mí, no quiero criar a Knox como me criaron a mí –le dijo–. Sí, he contratado a una niñera para que me ayude con él mientras aún sea pequeño, pero no tengo la menor intención de dejar a mi hijo al cuidado de otra persona para irme a recorrer el mundo. Pienso estar ahí, para él, cada día de su vida. Y quiero que tú también estés ahí para él.

Estaba mirándolo muy seria. Hasta ese momento Aidan no había estado seguro de cuáles eran sus sentimientos a ese respecto. Acababan de recibir los resultados de la prueba de paternidad, y eran positivos, como los dos habían imaginado, y ya habían repasado con el abogado de Violet el borrador del acuerdo de la custodia de Knox. Pero… ¿seguiría pensando igual Violet dentro de unos meses, o de unos años, cuando el resto de Manhattan y sus padres descubrieran que el padre de su hijo era un don nadie pobre?

–Lo digo en serio –continuó ella–. Pase lo que pase, quiero que formes parte de la vida de nuestro hijo. Knox se lo merece. Y tú también –dijo poniendo su mano sobre la de él en el asa del cochecito.

Aidan bajó la vista, vergonzoso, y trató de contener la emoción. No quería ponerse sensible en un lugar público.

–Gracias –dijo al fin–. Mi padre tampoco estuvo

nunca ahí para mí. Siempre estaba en el pub o durmiendo la mona. La mayor parte del tiempo estaba ebrio o con resaca. Nunca hacía conmigo las cosas que se supone que un padre hace con su hijo. Por eso no bebo. Siempre he temido acabar siendo como él. Me preocupaba que una copa se convirtiese en diez y que un día, de pronto, sin darme cuenta, me hubiese vuelto alcohólico, como él. No podía hacerle eso a mi madre, que tan mal lo había pasado por su culpa.

—El hogar de transición ayudará a mucha gente.

—Eso espero. Mi padre intentó dejar el alcohol dos veces, y al principio la cosa iba bastante bien, pero cuando volvía a casa de la clínica y empezaba a trabajar otra vez caía de nuevo en sus antiguos hábitos. Aunque no hubiera trabajado en un pub habría tenido el mismo problema. Mi madre siempre dijo que hacían falta más de veintiocho días sobrio para rehabilitar a un alcohólico. Habría necesitado ir a un sitio como El Hogar de Molly, un lugar donde adaptarse gradualmente a no estar ya en la clínica. Mi madre se odiaba por no ser capaz de impedir que mi padre se destruyera a sí mismo, y al final fue exactamente lo que acabó ocurriendo: murió de un fallo hepático hace tres años. Por eso dejé mi trabajo en la agencia de publicidad y me hice cargo del pub.

—¿Trabajabas en una agencia de publicidad?

—Sí, fui uno de los ejecutivos de la compañía durante unos cinco años después de terminar mis estudios en la universidad. Hice unas cuantas campañas de publicidad muy exitosas para algunos clientes importantes, y estaba escalando puestos con rapidez en la compañía. Era una vida muy distinta de la que llevo ahora.

–¿Y lo echas de menos?

–No. Estaba intentando mejorar mi situación, pero me di cuenta de que no era más feliz que cuando era pobre. De hecho, me sentía desgraciado. Era un ejecutivo de éxito pero desgraciado. Regentar el pub de mi padre no es el trabajo más importante ni mejor pagado del mundo, pero me siento a gusto con mis empleados y con nuestra clientela.

Violet parecía atónita con toda aquella conversación.

–No sé por qué creía que siempre habías trabajado en el bar. Un ejecutivo de publicidad… –murmuró sacudiendo la cabeza–. Parece que aún tenemos que aprender mucho acerca del otro.

–Es verdad. Supongo que hemos empezado la casa por el tejado –admitió él, mientras retomaban el paseo.

Cuanto más lo pensaba, más quería Aidan hacer bien las cosas con Violet. Le gustaría volver a empezar, partir de cero.

–Creo que hay algo que deberíamos hacer. Algo importante.

–¿El qué? –inquirió ella con curiosidad.

–Una cita de verdad en la que comamos algo, charlemos y nos conozcamos un poco mejor. Dime, Violet, ¿te apetecería tener una cita conmigo?

Aquello no era lo que Violet había imaginado cuando Aidan le había propuesto que tuvieran una cita. Los había imaginado cenando en un bonito restaurante, a la luz de las velas, o tal vez paseando por Central Park.

Lo habitual. Claro que debería haber sabido que una cita con Aidan podía ser cualquier cosa menos habitual.

En vez de eso, allí estaban, a las tres de la tarde, junto con otras cincuenta mil personas, entrando en el estadio de los Yankees para ver un partido contra los Pittsburgh Pirates.

No era que no le gustara el béisbol. Sí que le gustaba. De hecho, la fundación tenía una sala VIP de palco que usaban de tanto en tanto, sobre todo cuando querían ganarse a algún donante para una de sus causas benéficas. Lo que pasaba era que no se esperaba aquello cuando Aidan le había propuesto que tuvieran una cita. Aunque debería haberse imaginado que tramaba algo así cuando le había dicho que estuviera lista a las dos y que se pusiera algo informal.

Pero suponía que solo por cómo le brillaban de emoción los ojos a Aidan valía la pena. Sabía que el béisbol era importante para él. Había visto en su apartamento el trofeo del campeonato estatal que había ganado en el instituto. Y el primer regalo que le había hecho a su hijo había sido una camiseta de los Yankees, así que era evidente que para él compartir esa experiencia con ella también era importante.

Cuando se detuvo junto a Aidan, que se había parado a comprobar en las entradas que tenía en la mano el número de sus asientos, de pronto se le ocurrió que podría ofrecerle la posibilidad de disfrutar del partido de un modo distinto.

—¿Quieres que subamos a ver si está vacía la sala VIP de la fundación? —le propuso.

Aidan alzó la vista y se encogió de hombros con indiferencia.

–Bueno, como quieras. Había olvidado que me dijiste que la fundación tenía una sala de palco.

Violet trató de disimular su decepción. Había pensado que le entusiasmaría la idea de poder ver el partido desde aquella sala de lujo privada.

–Es que hace tanto calor. Allí por lo menos tendremos aire acondicionado y un aseo privado. Pensé que te gustaría la idea.

Aidan asintió.

–La verdad es que nuestros asientos están a pleno sol, así que si ya tienes calor… –murmuró–. Podríamos empezar a ver el partido desde tu sala VIP, y bajar a las gradas cuando empiece a irse el sol. Sino, habré tirado a la basura los sesenta dólares que me han costado las entradas –añadió con una media sonrisa.

Violet esperó que su sugerencia no lo hubiera ofendido. La verdad era que nunca se había sentado en las gradas. Su padre jamás se lo habría permitido. Era un gran aficionado al béisbol, y ese era otro de los motivos por los que la fundación tenía una sala de palco.

–Buenas tardes, Eddie –saludó al guarda de seguridad cuando se acercaban a la entrada a la zona de palco–. ¿Está ocupada la sala de la fundación? No sé si mi padre le habrá dado entradas para el partido de hoy a alguno de sus amigos.

El fornido hombre, de piel oscura y ojos amables, echó un vistazo a su carpeta y sacudió la cabeza.

–No, señorita; está libre. Pasen, por favor.

La sala VIP de la Fundación Niarchos tenía una de

las mejores vistas del campo. Cuando entraron, pasaron la zona de catering y los sillones y se dirigieron hacia el frente, donde, delante del ventanal había varias filas de asientos. Cabían hasta veinte personas. Cuando había un partido importante, la sala solía estar llena de gente picoteando la comida del catering y bebiendo vino y cerveza, pero ese día estaba vacía y la tenían solo para ellos.

—Es una pena que no usemos más esta sala —comentó Violet—. Solemos subastarla en los eventos benéficos que organizamos, o traemos aquí a los posibles donantes para tenerlos contentos, pero la mayoría de los días está vacía, como hoy. Deberíamos invitar a grupos de niños, como los scouts, o dejar que lo usara la fundación Make-a-Wish para los niños que tienen alguna enfermedad grave. Es un desperdicio tener esta sala y no usarla.

Miró al frente, hacia el ventanal, a través del cual se veía el campo, donde los dos equipos estaban calentando. La mayoría de los espectadores ya estaban sentados y el partido empezaría pronto.

—Bueno, ¿qué te parece? —le preguntó sin volverse a Aidan, que estaba detrás de ella—. ¿Te gusta? No tenemos que quedarnos aquí si no quieres.

Como Aidan no respondía, se giró hacia él, y vio que estaba mirando al frente con los ojos como platos. Parecía abrumado.

—¿Aidan? ¿Qué pasa?

Él apartó la mirada de la impresionante vista del campo y posó sus ojos en ella.

—Eh… Nada. Esto está… está bien.

Violet frunció el ceño.

—No te gusta.

—No, no. Lo digo en serio, es una pasada. Y sé que debería estar encantado por tener la oportunidad de ver el partido desde una sala VIP, y más sabiendo cuánto cuesta, pero… no sé… es como que falta algo. Es casi como verlo en casa, por televisión. Es impersonal.

En ese momento llamaron a la puerta y entró un camarero.

—Buenas tardes. ¿Puedo traerles algo antes de que empiece el partido?

Violet miró a Aidan con la esperanza de que tal vez podría ganárselo con las ventajas del servicio VIP.

—¿Te apetece algo? —le preguntó—. Tienen un montón de cosas entre las que elegir; en el bar hasta tienen un cocinero que prepara *sushi*.

—¿Ah, sí? —respondió Aidan.

No parecía que lo del cocinero de *sushi* le hubiera impresionado demasiado.

—Creo que de momento no tomaremos nada, gracias —le dijo Violet al camarero.

Cuando este se hubo marchado, Aidan se cruzó de brazos y se rio.

—¿De verdad siempre veis los partidos aquí, bebiendo martinis y comiendo *sushi*?

Se estaba burlando de ellos. Era algo a lo que Violet no estaba acostumbrada. La mayor parte de la gente les besaba el trasero por su dinero. Aidan, en cambio, estaba riéndose de ellos.

—Pues sí, ya que tenemos esta sala, ¿por qué no íbamos a usarla?

Aidan sacudió la cabeza, miró una última vez a su alrededor y le tendió la mano.

–Vamos. Vas a venir conmigo y vas a descubrir lo que es disfrutar de verdad de un partido.

Violet vaciló, sin saber muy bien por qué.

–Venga –le insistió Aidan–, se supone que esto es una cita, y mi plan era que nos sentásemos en las gradas, que bebiéramos un refresco y compartiéramos unos nachos mientras le gritamos al árbitro. No quiero que nos pasemos el partido sentados aquí, en esta sala tan aséptica y sofisticada que alquilan los ricos para evitar tener que mezclarse con la plebe.

–No es por eso por lo que… –comenzó a replicar Violet, pero Aidan la cortó en seco.

–Vamos –le dijo, tomándola de la mano–. Empezaremos por comprarte una camiseta de los Yankees.

Unos minutos después estaban en una parte del estadio que Violet jamás había pisado, llevaba puesta una flamante camiseta de los Yankees y estaba sentada entre Aidan y una familia con niños pequeños.

Aidan tenía razón. Era muy distinto ver el partido desde las gradas. Allí podía sentir la energía del público, el olor a cacahuetes tostados y césped recién cortado, y veía mucho mejor a los jugadores, y no solo como pequeñas figuras borrosas. Aidan había comprado limonada para los dos, que estaban bebiendo en vasos de plástico, un par de perritos calientes y unos nachos para compartir. Y cuando los Yankees hicieron un *home run,* saltó de su asiento de la emoción con el resto del estadio y vitorearon al unísono al equipo.

Cuando terminó el partido, la gente empezó a abandonar el estadio, pero Violet no quería irse todavía. No podía dejar de sonreír a Aidan.

–¿Entonces qué? –le preguntó este–. ¿Quieres que volvamos a la sala VIP y tomemos un poco de *sushi*?

Violet contrajo el rostro y sacudió la cabeza.

–No, tenías razón: verlo desde las gradas ha sido mucho más divertido. No puedo creer que hasta hoy no lo hubiera hecho nunca. Y no entiendo por qué mi padre no me dejaba.

Aidan arqueó las cejas.

–¿Que no te dejaba? Creía que no dejabas que nadie te dijera lo que puedes hacer o no.

Violet suspiró.

–Mi padre está chapado a la antigua. Lo único que quería para mí era que me casara con un buen chico griego y que tuviéramos montones de críos.

–O sea, que eres una rebelde –dijo Aidan con una sonrisa traviesa–. Has tenido un bebé con un irlandés, has comido nachos en las gradas del estadio… ¿Qué será lo siguiente?

Tenía razón. Últimamente se estaba comportando como una rebelde, y la culpa la tenía Aidan. Y la verdad era que le gustaba. Y Aidan también le gustaba. La animaba a desplegar sus alas, a ensanchar su estrecha visión del mundo y a vivir un poco.

Despertaba en ella unos sentimientos que no había experimentado antes, y quería más. Más de él, más de las maravillosas sensaciones que la inundaban cuando la acariciaba. Violet alzó la vista hacia los palcos VIP y se le ocurrió una idea traviesa que hizo que acudiera una sonrisa a sus labios.

–Pensándolo mejor, creo que sí deberíamos hacer otra visita a la sala VIP antes de irnos.

–¿Y eso? ¿Te has dejado algo?

Violet sacudió la cabeza y se inclinó hacia él para rozarle el lóbulo de la oreja con los labios. Lo mordió suavemente y le susurró:

–¿Has fantaseado alguna vez con hacerlo en el estadio de los Yankees?

Aidan se echó hacia atrás, sorprendido, y la miró con una ceja enarcada y una sonrisa lobuna.

–La verdad es que nunca se me había ocurrido, pero ahora que lo mencionas... –murmuró rodeándole la cintura con el brazo para atraerla hacia sí– ¡estoy deseándolo!

Se levantó y le tendió la mano. Violet la tomó y se dirigieron a la sala VIP. A cada paso que daban, más la consumía el deseo, y cuando por fin llegaron cerró con pestillo y apoyó la espalda contra la puerta.

–Hora de jugar... –murmuró.

Capítulo Ocho

Aidan estaba parado en la acera, frente al edificio de Violet, agarrando con una mano la bolsa de viaje que se había colgado del hombro, y con la otra el asa de una maleta de ruedas. Tara ya había subido con Knox, y Violet estaba pagando al taxista, que acababa de sacar la bolsa que quedaba en el maletero de la furgoneta.

–¿Estás segura de que tu apartamento ya vuelve a estar habitable? –le preguntó a Violet de nuevo, cuando el taxista se hubo marchado.

El contratista la había llamado esa mañana para decirle que el apartamento ya estaba listo. Un día antes de lo previsto. Según parecía los daños en la estructura no habían sido tan graves como se habían temido en un principio. Sabía que debería alegrarse por Violet y Knox, pero había contado con que podrían pasar juntos al menos un día más bajo el mismo techo.

–Que sí, Aidan –le contestó Violet con un suspiro de hartazgo.

Era cierto que se lo había preguntado varias veces desde la llamada del contratista, pero es que no estaba preparado para volver a como estaban las cosas antes. Esa semana que habían pasado viviendo juntos había sido como un empujón a su relación, algo que habría tardado semanas o meses en ocurrir de forma natural.

Le gustaba despertarse y oír las risitas de Knox, y quedarse dormido con Violet entre sus brazos. Igual que desayunar, almorzar o cenar todos juntos, ir con Violet a la compra… Eran esas cosas sencillas con las que más disfrutaba. Era casi como si fueran… una familia. Una de verdad, no dos personas con un acuerdo de «coparentalidad» redactado por un abogado.

–No nos vamos a otro país –le dijo Violet–; estamos un poco más lejos, sí, pero puedes venir siempre que quieras –añadió, plantándole un beso en los labios y dándole unas palmaditas en la mejilla.

–Lo sé.

Lo que pasaba era que no le gustaba la idea. Quería que estuvieran los tres juntos, pero se temía que, si lo decía en voz alta, no conseguiría otra cosa más que ahuyentar a Violet. Era demasiado pronto para eso. Y sin embargo, tenía muy claro que aquello era lo que quería. Lo tenía muchísimo más claro que cuando había pensado que podría tener un futuro con Iris.

Y entonces, de repente, vio a un hombre a lo lejos que les hacía señas, agitando el brazo, como para llamar su atención. Bueno, probablemente la de Violet, porque él no lo conocía de nada.

–Violet… Creo que ese tipo quiere algo de ti.

Ella giró la cabeza, y su expresión se tornó cariacontecida al verlo.

–Mierda… –masculló–. Acabamos de llegar y ya ha tenido que aparecer…

–¡Violet! –la llamó el tipo mientras se acercaba, antes de que Aidan pudiera preguntar quién era.

Aunque por su aspecto se lo imaginaba. Llevaba un traje caro y tenía una sonrisa de lo más falsa, como la de un vendedor de coches. Al llegar donde estaban, a él lo ignoró por completo, y le puso una mano a Violet en el brazo.

–¡Ah, por fin te encuentro! Llevaba días intentando hablar contigo, pero cada vez que venía, no estabas.

Violet se apartó.

–He estado fuera toda la semana. Mi apartamento se encharcó por la rotura de una tubería, y han estado haciendo todas las reparaciones que hacían falta.

–¿Qué? ¿Pero qué me dices? ¿Y por qué no me llamaste? Podía haberme ocupado de todo.

Violet, visiblemente irritada, frunció el ceño y puso los brazos en jarras.

–¿Por qué iba a llamarte? Ya no estamos juntos, Beau. Rompimos hace seis meses. Además, puedo arreglármelas sola. No necesito que vengas a sacarme las castañas del fuego.

–Ya lo sé, palomita. ¿Pero dónde has estado toda la semana? –preguntó Beau a pesar de todo.

–Se vino a mi casa –intervino Aidan.

El tal Beau ya le estaba hinchando las narices. Había tocado a Violet sin que ella le diera permiso, la había llamado «palomita», había cuestionado su capacidad para valerse por sí misma y a él lo había ignorado por completo. Ya era hora de ponerle los puntos sobre las ies.

Beau se volvió por fin hacia él, como si acabara de darse cuenta de que estaba allí.

–Ah. Pensaba que sería el taxista que te había traído –dijo señalando otro taxi que se había aparcado junto a la acera para esperar clientes.

Aidan apretó los puños, pero Violet lo asió por el brazo para que se calmara.

—No seas grosero, Beau —lo increpó—. ¿Por qué no me dices qué es lo que quieres y te vas? Tengo muchas cosas que hacer.

Beau miró a Aidan de soslayo con cara de asco.

—Solo quería saludarte y ver cómo estabas. Como no devolvías mis llamadas…

—Estoy bien, gracias. Y no te he devuelto las llamadas porque ya no estamos saliendo.

—Eso ya lo sé, pero…

—Nada de peros, Beau. Te lo dejé muy claro cuando recibimos los resultados de la prueba de paternidad, pero mis padres y tú parece que no queréis escuchar. Así que te diré lo que tienes que saber: estoy con otra persona. Fin de la historia.

—¿Él? —inquirió Beau, señalando a Aidan con él pulgar.

—Sí —respondió ella sin rodeos.

—¿Y de dónde ha salido, si se puede saber?

—Es el padre de Knox —le respondió Violet con orgullo, para sorpresa de Aidan.

Hasta ese momento la había visto bastante reacia a que la gente supiera de su relación, y más aún que era el padre de Knox. Parecía que ahora se sentía más cómoda con respecto a ese tema. O, al menos, lo bastante enfadada con Beau como para atreverse a arrojarle aquel detalle a la cara.

—Pensaba que no sabías quién era el padre.

—Y no lo sabía. Si lo hubiera sabido, desde luego no te habría dado falsas esperanzas durante nueve meses.

Pero he recuperado parte de los recuerdos de esa semana que había perdido por culpa de la amnesia.

–¿Parte? ¿No todos? –inquirió Beau frunciendo el ceño, como con preocupación.

–No. Solo los recuerdos del fin de semana en que conocí a Aidan. Ahora nos hemos reencontrado y es lo único que te voy a contar. El resto es asunto mío.

La expresión preocupada se disipó del rostro de Beau, que se cruzó de brazos.

–¿Y le has hablado a tus padres de… él?

Lo dijo casi con repulsión, como si le pareciese que era indigno de Violet. Pero a Aidan solo le importaba la opinión de Violet, y ella no parecía avergonzarse de él. Aunque seguía sorprendiéndole que le hubiera dicho a Beau quién era; sobre todo, teniendo en cuenta que podría correr a contárselo a sus padres, o a los amigos de la familia

–Eso tampoco es asunto tuyo, pero no, todavía no lo he hablado con ellos. Llevan fuera bastante tiempo. Pero lo haré cuando regresen. Y si se te ocurre llamarles para contárselo, o se lo cuentas a otras personas, te aseguro, Beau, que haré de tu vida una pesadilla. ¿Me has comprendido?

Por un instante su pose de macho pareció tambalearse ante la amenaza de Violet, pero se recuperó rápidamente y se encogió de hombros con indiferencia.

–Como si tuviera el menor interés en desperdiciar mi valioso tiempo cotilleando con quién se acuesta mi ex. Llámame cuando hayas recuperado la cordura –le dijo mientras se alejaba sin prisa.

Aidan y Violet lo siguieron con la mirada hasta que se perdió entre la gente.

–Ese tipo es un mal bicho –observó Aidan–. Si no estuvieras saliendo conmigo, te diría que no escoges muy bien a los hombres con los que sales.

–Y yo diría lo mismo, si no fuera porque yo no lo escogí. Crecimos juntos, y nuestras familias daban por hecho que nos casaríamos algún día. Si hubiese nacido hace cien años, habría sido un matrimonio concertado, pero como estamos en el siglo veintiuno mis padres se limitaron a aprovechar las presiones sociales para emparejarnos.

–No entiendo por qué querrían que te casases con ese capullo.

–Porque los padres de Beau eran amigos suyos de toda la vida, porque los dos tenemos más o menos la misma edad, porque es de buena familia y, por supuesto, porque es griego.

Aidan sacudió la cabeza y entraron en el edificio.

–Pues si yo fuera tu padre, para mí lo más importante sería que el hombre con el que te casaras te tratase bien. Y teniendo en cuenta el estado en el que llegaste aquella noche que entraste en el pub, hace año y medio, yo diría que no te trataba nada bien.

Violet se detuvo en medio del vestíbulo y se giró hacia él.

–¿Te conté algo aquella noche? Como le he dicho a Beau, sigo sin recordarlo todo sobre esa semana. No sé por qué estaba tan en baja, ni por qué acabé en el pub.

–No, no me contaste por qué. De hecho, me dijiste que no querías hablar de ello. Solo que tu novio era, y fueron tus palabras textuales, «un capullo» y que solo querías olvidarte de todo durante un rato.

Violet puso los ojos en blanco y echó a andar hacia los ascensores.

–Hay que tener cuidado con lo que se desea… –murmuró.

El apartamento había quedado estupendo. De no ser por el leve olor de la pintura de las paredes, que aún tenía que acabar de secarse, Violet habría podido jurar que no había pasado nada en la cocina. Mientras Knox se echaba la siesta de la tarde en su cuna, Aidan, Tara y ella deshicieron el equipaje. Luego, después de poner una lavadora, Aidan y ella se sentaron en el salón a tomarse un té con hielo.

–En serio, ese tío es un capullo –dijo Aidan.

Aunque hacía ya una hora que habían llegado, Violet sabía que se refería a Beau. No iba a negarlo; sí, su antiguo prometido era un capullo, y aunque no por ello se merecía que le hubiese sido infiel con Aidan, desde luego nunca había sido el hombre adecuado para ella.

–Lo sé. Lo que más miedo me da es pensar que estuve a punto de casarme con él. De hecho, cuando descubrí que estaba embarazada, se me cayó el alma a los pies. Lógicamente pensé que el bebé era de él, y eso significaba que se había esfumado de un plumazo cualquier posibilidad de escapar de la relación, porque sabía que mis padres insistirían en que me casara con él. Yo retrasé la fecha de la boda, diciéndoles que quería esperar a que el bebé hubiera nacido y todos creyeron que lo hacía por pura vanidad, para no tener que ir al altar con el barrigón. Y entonces llegó Knox, con su cabello pelirrojo, y me salvó del que habría sido el mayor error de mi vida. Aunque Beau insistía en que quería figurar en la partida de nacimiento como el padre de Knox y darle su apellido, me negué y le dije que se hiciera una prueba de paternidad, que por supuesto confirmó que no era el padre. Pero si Knox hubiera salido a mí, y tuviera el pelo negro y los ojos castaños, tal vez jamás me habría cuestionado si era hijo de Beau o no, y me habría casado con él.

Y había algo respecto a Beau que la escamaba desde el accidente, aunque no sabría decir qué era. Esperaba que cuando recuperara la memoria por completo pudiera disipar esa inquietud, pero no le había vuelto ningún otro recuerdo. La amnesia era algo increíblemente frustrante; era como tener una palabra en la punta de la lengua y no ser capaz de decirla.

—Yo también estuve a punto de casarme con la persona equivocada. Es algo que ocurre más a menudo de lo que uno podría pensar. Supongo que tuvimos suerte de darnos cuenta antes de dar el paso.

Violet se volvió hacia él sorprendida. No le había dicho que hubiera estado comprometido, aunque tampoco habían podido hablar mucho.

—¿Puedo preguntarte qué pasó?

Aidan suspiró y apoyó la cabeza en la mano.

—¿Quieres la versión larga o la versión corta?

—La versión larga.

—Cuando estaba trabajando en la agencia de publicidad, empecé a salir con una mujer llamada Iris, una abogada que conocí en una fiesta. Estuvimos saliendo tres años antes de que me decidiera a proponerle matrimonio. Sabía que tenía unos gustos muy caros, pero no me importó demasiado. Estaba intentando mejorar mi situación, ascender en la escala social, y pensaba que para llegar más lejos tenía que salir con una chica de clase alta. Además, con mi sueldo, podía permitirme darle los caprichos que quisiera, y sabía que comprándole cosas la hacía feliz. Llegué a convencerme de que era así como funcionaban las cosas, pero mi error fue creer que nuestra relación se basaba en algo más que eso. Cuando murió mi padre y decidí dejar mi trabajo para ocuparme del pub, fui tan idiota que creí que Iris me apoyaría y permanecería a mi lado, pero no fue así. De hecho, me dijo que era un estúpido, y me dejó al poco tiempo por uno de los socios de la agencia de publicidad. Pasó tan deprisa que me pregunté si no habría estado viéndose con aquel tipo mucho antes de todo aquello.

–¡Qué espanto! –murmuró Violet–. ¿Cómo puede alguien hacerle eso a la persona a la que se supone que ama?

Aidan se encogió de hombros y tomó un sorbo de té, pensativo.

–Supongo que amaba más el dinero que a mí. Ni siquiera me devolvió el anillo de compromiso cuando rompió conmigo, a pesar de que sabía que necesitaba hasta el último centavo para rescatar el negocio de mi padre. Debería haber sabido lo equivocadas que estaban sus prioridades, pero me he dado cuenta de que mucha gente de esta ciudad piensa igual que ella.

Cuanto más tienen, más quieren tener. Es como una necesidad patológica, y están dispuestos a hacer lo que sea por conseguirlo.

A Violet no le gustó el tono amargo que su voz había adquirido, aunque entendía que estuviera resentido.

—No creo que eso sea cierto. Hay gente avariciosa en todas partes, y no toda la gente con dinero lo es.

—¿Tú crees? Admito que tengo una opinión sesgada respecto a los ricos, aunque mis razones tengo. Las compañías farmacéuticas ganan millones, pero dejan que personas como mi madre, que no puedes pagar los desorbitados precios de los medicamentos que fabrican, acaben muriendo. Y Beau estaba dispuesto a darle su nombre a un bebé que sabía que no era suyo solo para…

Violet se irguió.

—¿Solo para qué?

Aidan se encogió de hombros.

—No lo sé. Tal vez esté equivocado y te quería y quería criar al bebé contigo, pero la experiencia me induce a pensar que habría hecho cualquier cosa por que te casaras con él y poder hacerse con tu dinero.

A ella también la había preocupado que esas fueran las verdaderas motivaciones de Beau. De hecho, sí, tenía la sensación de que lo único que quería era echarle el lazo por su fortuna. Hiciera lo que hiciera, seguía volviendo, pidiéndole otra oportunidad. Lo único que quería era el elevado tren de vida y el prestigio que le daría ser su marido. Pertenecía a una familia acomodada, pero no tan rica como la suya. Si se casara con ella podría comprarse aviones privados, yates, y pasarse toda su vida sin dar palo al agua. Entre ellos no había ni amor, ni respeto mutuo, lo que para ella debía ser la base de un matrimonio.

—Puede que tengas razón con respecto a Beau. Y está claro que ninguno de los dos atinamos con nuestras parejas, pero me niego a creer que todo el mundo sea como ellos. El dinero y el estatus no lo son todo.

Aquella observación hizo reír a Aidan.

—Solo alguien con dinero y estatus diría eso. ¿Sabías que los problemas económicos son la principal causa de ruptura entre las parejas?

—Lo digo en serio —insistió Violet—. Beau no era el hombre adecuado para mí, pero mis padres solo veían en él a alguien de éxito, de buena familia, y pasaban por alto todos sus defectos. Y aunque está bien tener una estabilidad económica y gozar de reconocimiento en la comunidad, esas cosas no son lo más importante en una relación. Si lo fueran, la gente rica jamás se divorciaría, y se divorcian constantemente.

Aidan la miró con curiosidad.

—¿Y qué crees tú que es lo más importante en una relación?

—La atracción física es lo que nos acerca, pero para que una relación dure tiene que tener una base sólida —comenzó a decir Violet—. Hace falta que haya confianza entre las dos personas, que se respeten y se quieran. Tienes que poder contar con tu pareja cuando las cosas se pongan difíciles, saber que permanecerá a tu lado aunque te quedes sin blanca y pierdas tu estatus, como te pasó a ti cuando dejaste tu trabajo para hacerte cargo del pub de tu padre. Eso es lo que yo espero de una relación, y a lo que aspiro si algún día decido volver a comprometerme.

Aidan se inclinó hacia ella con una sonrisa que hizo que el estómago se le llenara de mariposas.

—¿Quieres decir que un pobre diablo como yo tiene alguna posibilidad de ganarse el corazón de una mujer rica de éxito y hermosa como tú y conseguir su mano?

Sus ojos brillaban burlones, pero Violet sabía que no estaba bromeando, y se le partía el alma al pensar que Aidan no se consideraba digno de ella.

—Pues claro que sí —dijo tomando su mano y apretándosela suavemente.

Aidan escrutó su rostro un instante antes de asentir y apartar su mano.

—Lo tendré en mente —respondió—. Y ahora será mejor que me vaya. Esta es mi última noche libre antes del baile de máscaras del sábado y todavía tengo un montón de cosas que preparar.

Violet lo acompañó a la puerta. Sabía que tenía cosas que hacer, y ella también tenía un montón de tareas pendientes, pero no quería que se marchara todavía.

—Quédate —le susurró, poniéndole una mano en el brazo.

Aidan, que tenía ya la mano en el pomo, la miró con curiosidad.

—Después de haber pasado una semana juntos, pensé que ya te habrías cansado de mí.

—Yo también —lo picó Violet con una sonrisa—, pero para mi sorpresa, resulta que no.

Aidan quitó la mano del pomo, se la puso en la cadera y dio un paso hacia ella, envolviéndola en el tentador aroma de su colonia. Quería apretarse contra él, arrastrarlo al dormitorio… No sabía cómo podría conciliar el sueño sin él a su lado en la cama.

Acercó el rostro a su garganta, deleitándose en la calidez de su piel y notó el pulso rítmico en la vena del cuello, contra sus labios.

–Quédate… –le susurró al oído.

–De acuerdo. Me has convencido.

Capítulo Nueve

A Aidan y a Violet el resto de la tarde se les hizo eterno. Una vez hubo convencido a Aidan para que se quedara a pasar la noche, estuvo contando las horas que faltaban para volver a estar en sus brazos. Se había acostumbrado a quedarse dormida a su lado y a despertarse con el olor de su colonia en la almohada. Y aunque Violet ya le había contado a Tara que Aidan era el padre de Knox, tampoco era cuestión de exhibirse delante de ella. Por eso, aunque se moría por un beso largo y sensual, o por abrazar a Aidan, sabía que tendría que esperar hasta la hora de dormir.

Aunque las reparaciones de la cocina ya estaban terminadas, la mayor parte del contenido de los armarios estaba aún en cajas en el comedor. Aidan llamó para pedir comida china mientras Violet daba de comer a Knox una papilla de cereales y plátano.

A la hora de dormir, Aidan aprovechó la ocasión para llevar al pequeño a la cama, y Violet lo observó desde la puerta mientras completaba la rutina que había aprendido durante la semana que habían pasado en su apartamento: cambiarle el pañal, ponerle un pijamita limpio y sentarse un rato con él en la mecedora para calmarlo antes de meterlo en la cuna.

A veces Violet le cantaba una canción. Cuando

107

fuera un poco mayor, empezaría a leerle cuentos. Aidan, por su parte, estaba entreteniendo a su hijo con una historia sobre la victoria de los Yankees frente a los Phillies en el Campeonato Mundial de 2009. Y Knox lo miraba con los ojos muy abiertos, embelesado.

Verlos juntos siempre la enternecía. Ella nunca había sabido lo que era tener un padre de verdad, un padre que se implicara en la crianza de sus hijos. A ella siempre la había acostado la niñera y, si sus padres no estaban de viaje, alguna vez había subido su madre a darle un beso de buenas noches en la frente. Pero los cuentos, las nanas y los baños antes de dormir… no, no era algo que asociase con sus padres.

Por eso, mientras los observaba, dio gracias para sus adentros por aquel afortunado giro del destino que había puesto a Aidan de nuevo en su camino. Aunque Beau hubiera sido el verdadero padre de Knox, estaba convencida de que jamás habría sido un buen padre. Durante todo el embarazo apenas se había implicado: había faltado a una de las ecografías que le habían hecho, en el *baby-shower* había estado de mal humor porque había tenido que cancelar un partido de *squash*.

Tenía la sensación de que con Aidan su embarazo habría sido muy distinto. Probablemente le habría dado un masaje cuando tenía los tobillos hinchados, cuando había tenido antojos habría salido a comprarle a cualquier hora lo que fuera… Sí, lo habría hecho porque se preocupaba por las personas que formaban parte de su vida.

Knox se había quedado dormido en los brazos de Aidan, que se levantó con cuidado y lo metió en la cuna.

–Se ha quedado frito –le susurró cuando se volvió y la vio observándolo desde el umbral de la puerta–. ¿Cómo lo he hecho, mamá?, ¿he aprobado?

Violet sonrió. No había estado observándolo para evaluarlo, pero agradecía que estuviese esforzándose por hacer las cosas bien.

–¡Y con nota!

–¿Y no vas a darme alguna recompensa por lo bien que lo he hecho? –inquirió él, travieso, enarcando una ceja.

–Puede que se me esté ocurriendo algo.

Violet lo tomó de la mano y lo condujo a su dormitorio. Una vez dentro cerró la puerta y empujó a Aidan hacia atrás hasta dejarlo sentado al borde de la cama. Sin apartar sus ojos de los de él, se acuclilló lentamente y se puso de rodillas frente a él.

–¿Estás listo para recibir tu recompensa? –le preguntó con una sonrisa recatada.

–Ya lo creo.

Violet se tomó su tiempo, subiendo y bajando las manos por sus piernas y frotándole los muslos a través de la tela de los vaqueros. Se los desabrochó y le bajó la cremallera, y le ayudó a bajárselos junto con los boxers negros que llevaba debajo. Luego le quitó los calcetines, los zapatos, y el resto de la ropa.

Apenas le había tocado y, sin embargo, cuando estuvo completamente desnudo, se dio cuenta de que ya se había excitado. Al alargar la mano hacia su miembro erecto, le oyó aspirar bruscamente con los dientes apretados.

Aidan contuvo el aliento cuando cerró los dedos en

torno a su palpitante erección y comenzó a acariciarlo suavemente hasta que resopló tembloroso.

–Violet… –susurró, cerrando los ojos con fuerza.

Alentada por su reacción, se inclinó hacia delante y cerró sus labios sobre él, envolviéndolo en el calor húmedo de su boca. Aidan jadeó cuando empezó a subir y bajar la cabeza, atormentándolo con el roce de su lengua. Aidan hundió los dedos en su negro cabello y se mordió el labio inferior en un intento por permanecer en silencio.

Pero Violet estaba decidida a ponerle las cosas difíciles. Se suponía que era una recompensa, después de todo… Siguió excitándolo con la boca y con las manos, acelerando el ritmo hasta que lo vio apretar los dientes para contenerse.

–No… no creo que pueda aguantar más –le dijo, alargando la mano para agarrarla por la muñeca y hacer que pusiera fin a aquella tortura–. A menos que quieras que Tara nos oiga…

Violet dejó escapar una risita pero no lo soltó.

–Lo siento mucho –dijo poniendo morritos.

–No te veo yo muy arrepentida –replicó él. Y de un tirón la levantó del suelo y la tumbó sobre él. Cuando intentó incorporarse, la sujetó para impedir que se moviera–. ¡Ah, no! –le dijo–. Ya te has divertido bastante. Ahora te toca a ti intentar no gritar.

La hizo rodar con él y Violet se encontró de espaldas, con Aidan inmovilizándola por los brazos con ambas manos. Y aunque a continuación la liberó, fue solo para sujetarle las muñecas por encima de la cabeza con una única mano.

Se colocó a horcajadas sobre sus caderas, y le levantó la blusa. Le sacó las mangas, se la sacó por la cabeza y se la dejó enredada en torno a las muñecas. Luego le desabrochó el enganche frontal del sujetador, y apartó las copas de encaje azul para dejar sus senos al descubierto.

Violet gimió cuando tomó el pecho izquierdo en su mano y bajó la cabeza para envolverlo con la calidez de su boca. Aidan succionó con fuerza el pezón hasta que empezó a revolverse y arquearse debajo de él. Estaba completamente a su merced, y el no poder mover los brazos la hacía sentirse aún más vulnerable. Y le gustaba.

Cuando Aidan le liberó las manos y le bajó los vaqueros y las braguitas, Violet aprovechó para agarrarlo por la cabeza y atraerlo hacia sí para besarlo por fin, como ansiaba. Aidan respondió al beso con la misma pasión que los estaba consumiendo a ambos. Había pasado menos de un día desde la última vez que habían hecho el amor, pero de repente parecía como si hiciese semanas, y Violet sentía que perdería la cordura si no lo hacía suyo en ese mismo momento.

Aidan, en cambio, no parecía querer apresurarse. Mientras la besaba recorría su piel desnuda con una mano, que al cabo terminó buscando el calor entre sus muslos. La acarició íntimamente, introduciendo sus dedos dentro de ella y frotando la base de la palma contra la parte más sensible de su cuerpo. Su boca amortiguó los gemidos de Violet mientras trazaba círculos, lentamente, para llevarla al clímax, y pronto lo alcanzó. Todo su cuerpo se estremeció de placer. Nunca le había

111

sobrevenido tan rápido el orgasmo, ni con tanta intensidad.

Despegó sus labios de los de él para aspirar una bocanada de aire y mientras yacía allí, casi incapaz de moverse, Aidan fue a buscar un preservativo y poco después volvió a la cama.

Cuando Aidan la poseyó al fin, Violet se dio cuenta de algo. Hasta entonces nunca había hecho el amor con ningún hombre que se concentrase en darle placer como lo hacía Aidan. Hasta esa noche, cuando ella estaba dándole placer a él, la había interrumpido para devolverle el favor.

Mientras jadeaba su nombre, con los labios hundidos en su cuello, y la apretaba con fuerza contra sí, no pudo evitar pensar en lo especial que la hacía sentir. La hacía sentir que Knox y ella eran la principal prioridad en su vida. No su trabajo, ni el dinero, ni su reputación, ni él mismo. ¿Podría ser amor?

Si lo era, de pronto tenía la certeza de que ningún hombre antes de él le había hecho el amor de verdad. Al menos no en cuerpo y alma, como Aidan. Sí, estaba enamorada de él. Estaba absoluta y completamente enamorada de él.

La cálida sensación que esos pensamientos hicieron brotar en su pecho se extendió por todo su ser. Era como si se hubieran abierto las compuertas de una presa en su interior, liberando con una fuerza inesperada todas aquellas emociones y empujándola a un nuevo clímax. Cuando finalmente lo alcanzó, y Aidan se dejó ir también, se encontró al borde de las lágrimas. Lágrimas de dicha. Quería estrechar a Aidan contra sí, aferrarse a aquel momento y atesorarlo el resto de su vida.

Una parte de ella quería decirle cómo se sentía, pero su lado racional se lo impidió. Tal vez fuera demasiado pronto. Tal vez Aidan no sintiera lo mismo. Tal vez necesitara más tiempo para darse cuenta de que lo que había entre ellos era algo especial y poco común.

Cuando se quitó de encima y se derrumbó a su lado, el fresco aire de la noche sobre su piel húmeda la hizo estremecer. Rodó sobre el costado y se acurrucó bajo el hueco de su brazo. Allí se sentía protegida, a salvo de todo. Incluso de la desaprobación de sus padres.

Sabía que más pronto que tarde tendrían que hablar de eso, pero no esa noche. Sus padres estaban aún en algún lugar del este de Europa, y quería disfrutar de aquel momento con Aidan. Sin embargo, un mal presentimiento la invadió, como si en su interior intuyese que esa paz no duraría mucho, y se abrazó a él con más fuerza.

A la mañana siguiente Aidan volvió a su apartamento para darse una ducha y cambiarse. Ese día no iba a ser él quien abriera el pub, sino uno de sus empleados, porque quería pasarse antes por la casa de sus padres para recoger algo.

La noche pasada le había hecho plantearse un montón de cosas. No había pasado ni un día, y ya echaba de menos tener a Violet y a Knox en su casa. Ser padre le hacía feliz, sí, y agradecía poder formar parte de su vida, pero quería más. Quería que fueran una familia

113

de verdad. De las que se despertaban juntas y desayunaban juntas antes de empezar el día. De las que iban juntas al parque y a los partidos de béisbol. De las que se iban juntas de vacaciones y se hacían las típicas fotos de turistas que enmarcaban y colgaban en las paredes de casa.

El llegar a la casa de sus padres y subir los escalones de la entrada le recordó de nuevo que Violet y él no compartían un hogar. No como lo habían hecho sus padres. Su matrimonio no había sido perfecto, ni mucho menos, pero su madre había querido a su padre hasta el final, y lo había cuidado hasta el final. Y habían construido un hogar y una familia juntos, aunque con sus defectos.

Claro que no estaba seguro de que Violet quisiera plantearse siquiera algo así. No se habían planteado casarse ni cuando le había dicho que Knox era hijo suyo. Claro que él tampoco hubiera querido que se casaran por eso. Si Violet accediera a casarse con él, le gustaría que fuese porque quería hacerlo, no porque se sintiese obligada por su hijo y por las presiones de la sociedad.

Pero quería pedirle que se casara con él y quería que ella dijera que sí. Él aún no tenía claros sus sentimientos hacia ella, pero sí tenía claro que quería que estuviesen los tres juntos, y estaba decidido a hacer todo lo posible por conseguirlo.

Al entrar en la casa se detuvo al pie de la escalera. Desde la muerte de su madre había evitado subir al piso de arriba para limpiar su dormitorio. La idea de revisar sus cosas para decidir de cuáles iba a desprenderse era demasiado dolorosa. Además, hasta ese momento tampoco le había corrido ninguna prisa y había decidido que daba igual que se llenaran de polvo o permaneciesen metidas en cajas.

Pero ahora que iba a recibir el dinero de la fundación y que pronto se mudarían allí los primeros huéspedes de El Hogar de Molly, tenía que preparar la casa, y eso incluía decidir qué iba a hacer con las cosas de su madre. La mayoría de la ropa, y algunos objetos de diverso tipo los donaría a la beneficencia. Los muebles que estuvieran en buen estado los dejaría, igual que el menaje de cocina, para que los usaran los huéspedes.

Y las cosas que entraran en la categoría de reliquias de familia se las llevaría a su apartamento. No había muchas, pero sabía que había algunas cosas a las que su madre le había tenido especial cariño. Sabía que Knox, al crecer, heredaría un montón de propiedades y objetos de valor de su familia materna, pero quería que también tuviera algo de la suya. Y aunque sería difícil competir con un fondo fiduciario de al menos dos millones de dólares, creía que le gustaría tener el reloj de bolsillo de plata que había pertenecido a su bisabuelo.

Se obligó a subir las escaleras y entrar en el dormitorio de sus padres. Todo estaba tal y como lo recordaba. De hecho, en el ambiente aún flotaba el sutil aroma del perfume favorito de su madre, y al reconocer aquel olor se le saltaron las lágrimas.

Tenía mucho por hacer, pensó mirando a su alrededor, pero ese día solo tenía una cosa en mente: encontrar lo único que no querría por nada del mundo que se perdiera cuando empezara a llevarse y a tirar cosas.

Fue hasta la vieja cómoda de roble. Sobre ella estaba el joyero de su madre y dentro sabía que encontraría el reloj de su bisabuelo, la medalla que él había ganado en los boy scouts, el collar de perlas de su madre… y también su anillo de compromiso.

Su madre le había pedido expresamente que, cuando ella muriera, no lo enterrase con ella, sino que se lo quitase del dedo y lo guardase. Aquel anillo era especial: había pertenecido a su bisabuela paterna, y su padre se lo había dado el día que le había propuesto matrimonio. Era parte de la historia familiar, y su madre le había dicho que quería que él se lo diese también a su futura esposa.

Encontró la cajita de satén justo donde la había dejado. Era la caja original, gastada y frágil. Debía tener tranquilamente unos ochenta años. La abrió y posó los ojos en el anillo que su madre había llevado siempre. Tenía un diamante en el centro rodeado de otros más pequeños. No sabía mucho de joyas, pero era un anillo muy bonito, y para su madre había sido muy importante.

De no haberlo recibido de su abuela, dudaba que su padre hubiera podido permitirse un anillo como aquel. Y lo más probable era que él tampoco pudiera. No podía entrar en una joyería y comprarle a Violet un anillo de seis cifras como el que sin duda esperaría recibir algún día. Como el que seguramente Beau le habría regalado por su compromiso. Pero podía ofrecerle aquel anillo.

Si ella lo aceptaba, porque no estaba muy seguro de qué sentía por él. Tampoco él tenía muy claro lo que sentía por ella, pero sí que quería pasar cada día del año con Knox y con ella, no solo los domingos por la tarde y los días festivos. Quería despertarse con Violet entre sus brazos, y tenía la sensación de que si no daba el paso ahora, no volvería a presentarse otra oportunidad. Porque, incluso con Beau fuera de escena –y no parecía que fuese a batirse en retirada sin hacer ruido–, podría aparecer otro hombre en la vida de Violet. Si quería estar con Violet, tenía que hacérselo saber antes de que encontrara a alguien que encajase mejor con su estilo de vida y su entorno.

La sola idea de que otro hombre pudiera llegar a ocupar su lugar hizo que le hirviera la sangre. No, le pediría a Violet que se casara con él y confiaría en que todo iría bien. Inspirando profundamente, cerró de nuevo la caja, se la guardó en el bolsillo y volvió abajo. Pronto, se dijo. Pronto.

Capítulo Diez

Betsy, la secretaria de Violet, paseó la mirada por el salón de baile del hotel donde se estaba celebrando el baile de máscaras.

–Ha venido muchísima gente –comentó.

Violet, que estaba de pie a su lado, asintió con la cabeza. Betsy llevaba trabajando en la Fundación Niarchos desde mucho antes de que ella se hiciera cargo de su gestión, y sabía cuándo un evento podía considerarse un éxito. De hecho, de todos los que habían organizado, aquel era uno de los que había tenido un mayor índice de confirmación de asistencia, y la complacía saber que todo el dinero que recaudasen iría en beneficio de El Hogar de Molly. La orquesta que habían contratado era fantástica, la pista de baile estaba a rebosar de gente y a cada minuto que pasaba iban llegando más invitados, ataviados de gala y con sus máscaras.

–Aunque hay algo que necesito preguntarle –añadió Betsy.

Violet buscó una vez más con la mirada a Aidan, que aún no había aparecido. Estaba ansiosa por verlo con su nuevo esmoquin. Estaba endiabladamente sexy con unos vaqueros y una camiseta ajustados, pero un hombre guapo con esmoquin tenía algo que despertaba en ella fantasías al más puro estilo James Bond.

–¿El qué?

–Pues… es que ayer me di cuenta de que sus padres no estaban en la lista de invitados.

Violet se volvió hacia su secretaria y la miró con curiosidad. ¿Por qué estaría preguntándole eso?

–¿Y?

–Bueno, pues que es su fundación –respondió Betsy–. Solemos invitarlos a todos los eventos.

–Creo que están en Rumanía –dijo Violet, quitándole importancia–. ¿Qué sentido tendría enviarles una invitación que se acumulará con el resto de su correo hasta que vuelvan? La idea es recaudar dinero; no gastarlo innecesariamente.

Betsy, que rondaba los sesenta y no se andaba con tonterías, la miró fijamente por encima de sus gafas, como suspicaz por su vehemencia. Sí, era verdad que normalmente invitaban a sus padres, pero es que… ¿cómo iba a arriesgarse a que aparecieran, cuando el padre de su hijo iba a estar allí? Si la vieran con él, sería imposible que no sospecharan. Su pelo lo delataría. Y eso sería como destapar la caja de Pandora porque aún no les había hablado de Aidan y todavía no se sentía preparada para hacerlo.

–Esa es la cuestión, que sus padres volvieron de Rumanía ayer por la tarde.

Violet se puso tensa y jugueteó nerviosa con su pulsera.

–¿Ah, sí? Vaya, si es que son un desastre… Cuando salen de viaje nunca me tienen al día de los cambios en su itinerario…

–Sí, bueno, es que su padre vino a la fundación después de que usted se fuera a casa, y cuando le mencioné el baile de máscaras pareció sorprendido, y fue cuando caí en la cuenta de que no estaban en la lista de invitados.

Violet no pudo disimular el temor que la invadió cuando miró a Betsy espantada y le preguntó:

—Betsy, ¿mi padre va a venir?

Su secretaria se mordió el labio, como si no se atreviera a contestar.

—Sí, señorita. Tanto él como su madre tienen pensado asistir. Pero es que no sabía que usted no quería que vinieran… Sino, no le habría dicho nada a su padre. Pensé que había sido un despiste.

—No es que no quisiera que vinieran —dijo Violet—. Lo que pasa es que estoy evitando una conversación importante que debo tener con ellos y no quiero hablar con ellos de eso aquí.

—¿Es sobre el señor Rosso?

Violet parpadeó confundida. ¿Por qué sacaba su secretaria a colación a su exprometido?

—¿Qué te hace pensar que esto tiene algo que ver con Beau?

Betsy no parecía saber dónde meterse.

—Es que… sus padres van a traerlo con ellos —musitó.

—¡¿Qué?!

Las personas que estaban a su alrededor oyeron su brusca respuesta, y varias de ellas se volvieron a mirarlas.

—¿Lo dices en serio? ¿Beau también va a venir?

—Me temo que sí. Ya sabe cómo son sus padres.

Cada vez que vuelven de un viaje me preguntan si el señor Rosso ha venido por la oficina, o si usted y él se han reconciliado. Supongo que habrán pensado que con el champán y la música este sería un buen escenario para que el señor Rosso intente que le dé otra oportunidad. Están tan ansiosos por que vuelvan a estar juntos…

—Sí, lo sé.

Violet volvió a pasear la mirada por entre la gente, buscando no ya solo a Aidan, sino también a sus padres y a Beau. Tenía el estómago revuelto por la preocupación, y aunque tomó unos sorbos de la copa de vino en su mano para intentar acallar sus nervios, no funcionó.

—¿He metido la pata, señorita?

—No, Betsy —respondió ella, esforzándose por parecer calmada—. No tenías motivo alguno para pensar que podría suponer un problema. Es culpa mía por no habértelo dicho. De todos modos, debería haber imaginado que pasaría esto, con la mala suerte que tengo.

—¿Serviría de algo si le dijera que está preciosa? —dijo Betsy, en un intento por consolarla—. El color de ese vestido la favorece mucho.

—Gracias, Betsy.

Le había llevado horas elegir un vestido para esa noche. Quería estar perfecta para dar una imagen perfecta del brazo de Aidan. Al final se había decidido por un vestido gris de cuello halter con el cuerpo adornado con lentejuelas y cuentas de metal de color cobre. Como la tira que rodeaba el cuello tenía a un lado un adorno de flores, también en color cobre, para que luciera mejor se había recogido el cabello, y había complementado el vestido con una pulsera y unos pendientes discretos.

—¡Ah, mire! —dijo Betsy—. Ahí viene el señor Murphy.

La canción que la orquesta estaba tocando terminó en ese momento, y las parejas que estaban en la pista de baile se dispersaron, y entre ellos vio a Aidan, que avanzaba hacia ella. Cuando sus ojos azules se encontraron con los suyos, por un momento se olvidó de todas sus preocupaciones. Siempre estaba guapo, con ese físico atlético y ese cabello pelirrojo, pero esa noche, vestido con el esmoquin de Tom Ford que habían comprado en la Quinta Avenida, tuvo que hacer un esfuerzo para no quedarse mirándolo. Además, la máscara negra de satén que llevaba resaltaba sus ojos, su recia mandíbula y esos labios carnosos que estaba impaciente por volver a sentir en su piel.

Cuando llegó junto a ellas, su sonrisa la hizo derretirse por dentro.

—Buenas noches, señoras —las saludó.

—Buenas noches, señor Murphy —respondió Betsy en un tono más alegre—. Está usted guapísimo.

Aidan se giró hacia ella.

—Vaya, gracias, Betsy. Usted también está muy elegante. Espero que más tarde me conceda un baile —le dijo con galantería, besándole la mano.

Las mejillas de Betsy se tiñeron de rubor. Violet nunca la había visto sonrojarse; parecía que no había ninguna mujer, fuera de la edad que fuera, que pudiese resistirse al encanto personal de Aidan.

—Y usted, señorita Niarchos, está deslumbrante

–dijo él, volviéndose hacia ella para besarle la mano también.

La cálida presión de los labios de Aidan en su piel hizo que un cosquilleo le subiera por el brazo y le bajara por la espalda, y que se le endurecieran los pezones.

–¿Y dónde, decidme, está vuestra máscara? –le preguntó Aidan–. Se supone que esto es un baile de máscaras, ¿no?

Violet abrió su bolso de mano con un suspiro y sacó su máscara. Era una máscara de color cobre, a juego con su vestido, pero había estado tan enfrascada en sus preocupaciones que aún no se la había puesto. Se la colocó y se ató la cinta de satén por detrás de la cabeza.

–¿Mejor así?

–En realidad no –contestó Aidan–. Ahora no puedo ver vuestro bello rostro. Pero supongo que tendré que conformarme con admirar vuestros encantadores ojos.

A Violet se le escapó una risita nerviosa. Le preocupaba que Betsy pudiera sospechar que había algo entre ellos.

–Está usted muy adulador esta noche, señor Murphy –le dijo a Aidan–. Haría mejor en emplear ese encanto personal que tiene con los invitados que puedan donar a su causa. Yo ya le he dado dinero.

–¿Me disculpan un momento? –les dijo Betsy con una sonrisa, y se alejó para ocuparse de algún asunto que requería su atención.

Violet suspiró de alivio cuando se hubo marchado, aunque temía que su alivio no duraría mucho.

–¿Es que quieres que todo el mundo se entere de que estamos juntos? –increpó a Aidan.

–Solo estaba siendo galante. No es culpa mía que mis palabras suenen más sinceras cuando me dirijo a ti. Y lo que te he dicho de que estás espectacular iba en serio. ¿Querrás concederme el próximo baile? –le preguntó él, tendiéndole la mano.

¿Cómo podría resistirse?

–Bueno, pero solo uno y ya está –le advirtió.

–Un baile es todo lo que necesito.

Aidan condujo a Violet a la concurrida pista de baile y una vez llegaron al centro del salón la atrajo hacia sí. Violet asió su mano y posó la otra en su hombro. La notaba tensa, y parecía inquieta, aunque no sabía por qué. El evento estaba yendo muy bien. Todo estaba saliendo a la perfección.

La cajita del anillo le pesaba en el bolsillo como si llevase en él un pedrusco. Lo había llevado consigo porque tenía pensado pedirle esa noche que se casara con él, pero, viendo a Violet tan tensa, estaba empezando a pensar que quizá no fuera un buen momento.

–¿Te preocupa que alguien nos vea bailando juntos y piense que hay algo entre nosotros?

–Sí y no –admitió ella–. Ándate con ojo esta noche: Betsy me ha dicho que mis padres y Beau piensan venir aunque no los he invitado.

Aidan frunció el ceño. Cada vez que creía que estaba haciendo progresos en su relación con Violet, siempre parecía que tenía que surgir algún obstáculo.

–¿Y por qué no has invitado a tus padres? ¿No sueles invitarlos a los eventos de la fundación?

–Sí, y siempre que están en la ciudad asisten a ellos, pero lo de esta noche era distinto –contestó Violet–. No los invité porque…

Al ver que no era capaz de acabar la frase, Aidan lo hizo por ella.

–Porque no quieres que nos vean juntos, ¿no?

Aidan sintió que se le subía la bilis a la garganta y decidió que, pasara lo que pasara, esa noche el anillo se quedaría en su bolsillo. ¡No fuera a ser que sus ricos padres descubrieran que estaba acostándose con un don nadie como él! Ese debía ser el motivo por el que parecía querer mantener en secreto a toda costa su relación.

–Después de todo lo que te he contado sobre mi ruptura con Iris, no puedo creerme que estés diciéndome que no los invitaste porque te daría vergüenza que te vieran conmigo.

Violet lo miró espantada.

–¡No, eso no es verdad! No pongas en mi boca cosas que yo no he dicho.

–Pues entonces, ilumíname –le pidió él.

Violet suspiró y miró un momento a su alrededor antes de contestarle.

–No es por ti, Aidan. Eres maravilloso, y eres un padre estupendo con Knox. Disfruto de cada minuto que pasa contigo. Es por mis padres. No quería que te vieras sometido a su escrutinio hasta que no fuera absolutamente necesario. Ya te he dicho cómo son conmigo: por más que me esfuerce, jamás están satisfechos conmigo. Quería protegerte de eso. Pero quiero que sepas que, digan lo que digan, o hagan lo que hagan, sus opiniones no son las mías.

–Ya veo. Entonces, bésame –la desafió él.

Violet se puso tensa.

–Eso no sería apropiado en un evento como este.

Aidan sacudió la cabeza.

–Tal vez no, pero hazlo de todos modos. Dale en las narices a la gente que dice que no soy digno de ti y hazles saber que estamos juntos.

Violet volvió a mirar a su alrededor, inquieta, como buscando a alguien. Probablemente a sus padres.

–Vamos –le insistió él, tomándola de la barbilla para girarle con suavidad el rostro hacia él–. Bésame, Violet. Olvídate de todo y del resto del mundo y demuéstrame qué sientes por mí.

–Aidan…

–Si no puedes hacerlo aquí, y ahora, tal vez deberíamos dejar de vernos y limitarnos a compartir la custodia de Knox. No pienso seguir ocultando lo nuestro como si fuera un oscuro secreto que tememos que los demás descubran.

Violet frunció el ceño.

–Para mí no es un oscuro secreto.

–Pues bésame y demuéstralo.

Violet suspiró y le puso una mano en la mejilla.

–Está bien; si es lo que tengo que hacer para que me creas… Que lo vea todo el mundo.

Le puso las manos en el cuello para besarle y él inclinó a su vez la cabeza, tomándola por la cintura y atrayéndola hacia sí. Cuando sus labios se encontraron, el mundo pareció desvanecerse por un momento. Se olvidaron de la gente que los rodeaba, de los padres de Violet, de la orquesta… Solo existían ella y él.

Un fuerte carraspeo los interrumpió y, cuando se separaron, Aidan se encontró con una pareja mayor y bien vestida a su lado. Solo le llevó un segundo caer en la cuenta de que debían ser los padres de Violet. La mujer parecía una versión más madura de Violet, con el cabello entrecano y pequeñas arrugas en las comisuras de los ojos y la boca. Lucía un vestido gris plata, y debía llevar encima como medio millón de dólares en perlas y diamantes. El hombre, con unos ojos penetrantes, era más bajo, grueso y casi calvo. No parecían muy contentos de haber encontrado a su hija besándose con un extraño en la pista de baile.

–Madre… Padre… Habéis vuelto antes de lo previsto de vuestro viaje –les dijo Violet con una sonrisa forzada mientras se quitaba la máscara.

Aidan se fijó en la falta de muestras de afecto entre ellos: ni besos ni abrazos después de haber estado tanto tiempo sin verse. El señor Niarchos no respondió a las palabras de su hija, sino que la ignoró por completo y se volvió hacia él. Lo miró de arriba abajo y de abajo arriba, y suspiró con pesadez, como si se hubiese percatado por el parecido de que debía ser el padre de su nieto, y no le pareciese gran cosa.

–No nos llegó la invitación para el evento de esta noche; la carta ha debido extraviarse –dijo en un tono seco, que daba a entender que no se lo creía ni de lejos–. Pero me alegro de que hayamos podido venir. Por nada del mundo me habría perdido esto… –murmuró apartando la vista de Aidan para mirar a Violet con una expresión de supremo desagrado.

–Padre, madre, este es Aidan Murphy –comenzó a

presentarlo Violet, con un atisbo de nerviosismo en su voz–. Acudió a nosotros porque quería fundar El Hogar de Molly, un hogar de transición para alcohólicos en memoria de su madre.

Su madre sonrió a Aidan con cortesía, pero su padre volvió a mirarlo de un modo amenazador.

–¿Puedo hablar un momento a solas con el señor Murphy? –inquirió su padre, después de un silencio incómodo.

–Preferiría que no –le dijo Violet, pero la mirada severa de su padre la achantó.

–No pasa nada –intervino Aidan, poniéndole una mano en el hombro y acariciándoselo para tranquilizarla–. Ahora vuelvo.

Siguió a su padre hasta un rincón alejado del salón, donde podrían hablar con más privacidad.

–Mira, hijo, hay un par de cosas que tengo que decirte –comenzó el señor Niarchos.

Aidan se irguió, ofendido por su tono condescendiente.

–No soy su hijo. Me llamo Aidan.

–Tiene razón: no es mi hijo, y jamás lo será. ¿Lo entiende? ¿Cree que no sé quién es, con ese cabello pelirrojo? En cuanto lo vi con mi hija lo supe, pero eso da igual porque si se cree que mi hija va a mantenerlo, se equivoca.

Aidan se armó de valor y le interrumpió diciendo:

–No estoy con Violet por su dinero. Y quien busque casarse con ella por eso, no la merece –añadió, pensando en Beau.

Violet era inteligente, fuerte y una madre maravillosa. Reducirla al saldo de su cuenta bancaria era ofensivo.

El señor Niarchos se quedó mirándolo ceñudo y le espetó, apuntándole con el dedo:

—Mire, señor Murphy, no le conozco. No sé si es taxista o fontanero, pero una cosa si que sé: que usted solo está de paso en su vida. Puede que sea el padre de Knox, pero cuando Violet recobre el sentido común se apartará de usted, y ya solo será una nota a pie de página en la historia de su vida, se lo garantizo.

Aidan trató de mantener una expresión lo más estoica posible mientras escuchaba aquella odiosa diatriba. Sabía de sobra que no era lo bastante bueno para Violet, y no quería tener que tratar con el esnobismo de la gente rica que la rodeaba. Si se casara con ella, siempre estarían juzgándolo, mirándolo con desprecio, acusándolo de estar aprovechándose de ella. Era lo último que necesitaba. Bastante harto había quedado ya de esa clase de actitud al dejar atrás la agencia de publicidad, donde, en medio de un puñado de niñatos elitistas, él había sido uno de los pocos que se habían ganado el éxito a pulso.

—Puede que tenga razón, pero la decisión de que yo continúe o no formando parte de su vida debe tomarla ella, no usted —le espetó.

Y, haciendo acopio de todo su autocontrol, se dio media vuelta y se alejó. No tenían nada más que decirse y, o se marchaba de allí, o haría o diría algo de lo que más tarde podría arrepentirse. Porque, le gustara o no, aquel hombre era el abuelo de su hijo.

Y aunque aquella fuese su fiesta, Aidan ya había

tenido bastante por una noche. Estaba seguro de que toda la gente rica que había acudido seguiría bebiendo y pasándolo bien sin él.

Acababa de abandonar el salón cuando oyó una voz a sus espaldas, llamándolo.

—¡Aidan, espera!

Se detuvo, y cuando se volvió vio a Violet corriendo hacia él.

—Me voy a casa —le dijo cuando llegó a su lado.

—¿Qué te ha dicho mi padre? —le preguntó ella, preocupada.

—Nada que no supiera ya.

—Por favor, no te lo tomes como algo personal, Aidan. A mi padre no le caería bien ningún hombre que no sea Beau. Se le ha metido en la cabeza que es el hombre adecuado para mí, y sí, probablemente lo más fácil sería que en vez de estar contigo estuviese con Beau, pero…

—¿Lo más fácil? —la interrumpió Aidan—. ¿Tan molesto te resulta salir conmigo? ¿Tan horrible fue ver un partido desde las gradas conmigo, bebiendo limonada y comiendo perritos calientes, que preferirías haber estado bebiendo champán y tomando caviar en un yate con un capullo como Beau?

—No, por supuesto que no. Lo que estoy tratando de decir es que sería más fácil si fuéramos más parecidos.

—Si yo también fuera rico, quieres decir, para que no te sintieras tan incómoda por nadar en la abundancia cuando yo no tengo un céntimo.

—No, Aidan, me refería a todo: la cultura, la religión, la familia… Beau y yo provenimos de entornos muy similares, y por eso hay menos fricción entre nosotros por cosas como esas. Crecimos juntos, nuestras familias son griegas, los dos somos cristianos ortodoxos e íbamos a la misma iglesia todos los domingos… Tenemos muchas cosas en común.

—O sea que no es porque sea pobre, es porque soy pobre, irlandés y católico, ¿no? Ni siquiera Iris cayó tan bajo. Al menos ella fue sincera y reconoció abiertamente que lo que más le importaba era el dinero.

Violet sacudió la cabeza.

—Estás enfadado y tergiversarás cualquier cosa que diga, así que vete a casa si quieres. Solo quiero que sepas que yo no quiero estar con Beau, Aidan. Quiero estar contigo. Porque te quiero.

Si hubiera oído esas palabras de sus labios en otro momento, a Aidan el corazón le habría dado un brinco de alegría, pero en ese momento se le antojaba como un vendaje sobre una herida que tardaría mucho tiempo en sanar. Era un tonto por seguir dándose de bruces una y otra vez con la misma pared.

—No te preocupes, seguro que saldrás a comprarte algo bonito y te olvidarás de mí —le dijo.

Y le dio la espalda para bajar las escaleras y salir del hotel.

Capítulo Once

Aidan se encontró deambulando por las calles de Manhattan, sin querer irse aún a casa, pero sin saber dónde podría ir sino. Al llegar a una esquina iluminada por una farola, se detuvo al ver el cartel de neón de un pub del que había oído hablar pero al que nunca había ido.

Cruzó la calle y entró. El interior estaba en penumbra y bastante silencioso. No como esos bares con enormes pantallas planas donde la gente iba a ver los partidos, o con una banda tocando en directo a un volumen tan alto que era imposible hasta pensar. Aquel pub parecía más bien la clase de lugar donde la gente iba a ahogar sus penas y a huir un rato del mundo. Justo lo que buscaba.

El barman era un hombre de unos cuarenta y tantos, con entradas, pobladas cejas y una perilla entrecana. Saludó a Aidan con un asentimiento de cabeza y volvió a lo que estaba haciendo. Aidan se sentó en un taburete al final de la barra, en un rincón oscuro y alejado de los otros clientes. Se aflojó la pajarita y se desabrochó el cuello de la camisa para aliviar un poco el nudo que tenía en la garganta.

Agradecía estar sentado después de tanto andar, pero corría el peligro de ponerse a darle vueltas a los pensamientos que le rondaban por la cabeza. Nada que no pudiera remediar un trago de whisky. O tres o cuatro. Esa habría sido la solución de su padre. Era fácil olvidarse de los problemas con una copa en la mano... hasta que un día eran esa copa y las que venían después las que acababan causándote problemas.

—¿Qué le pongo? —le preguntó el barman, acercándose y colocando una servilleta de papel delante de él.

—Un Schweppes de limón —le contestó Aidan, antes de poder cambiar de opinión y pedirle algo más fuerte.

El barman enarcó una ceja y lo miró con curiosidad, pero no hizo ninguna observación al respecto.

—Deme una voz si quiere algo más —le dijo, y se alejó de nuevo.

Aidan agradeció que lo hubiera dejado solo. Se decía que un buen barman era como un psicólogo, porque sabía escuchar a los clientes, una habilidad especial que tenía su padre y de la que él carecía. En su profesión la mayoría disfrutaba con esa parte de su trabajo, y buscaban a quienes parecían tener más necesidad de hablar. Y esa noche probablemente a él no le iría mal tener a alguien con quien hablar, pero no se sentía preparado para hablar. Aún no.

Tomó un sorbo de su vaso antes de volver dejarlo sobre la barra y sacó la caja del anillo del bolsillo de la chaqueta. La abrió, tomó el anillo, y lo giró pensativo entre sus dedos. Los diamantes relucían a pesar de la tenue iluminación del local. Era un anillo muy hermoso, igual que la mujer a la que había tenido intención de dárselo aquella noche.

Había sido un tonto por haber creído que era una

buena idea. Se había engañado, después de aquella semana que había pasado en su casa, pensando que podrían tener una relación de verdad. Y tal vez pudieran, pero… ¿proponerle matrimonio a Violet, a una mujer preciosa, a una multimillonaria que podría tener a su lado al hombre que quisiera? Seguramente, si hubiera podido elegir, tampoco habría querido tener un hijo con él.

Debería dar gracias de que hubieran aparecido sus padres y todo se hubiera ido al carajo antes de que hubiera reunido el valor para pedirle que se casara con él. Si lo hubiera hecho, probablemente también habría acabado solo y deprimido en aquel bar. Al menos se había ahorrado el bochorno de ser rechazado delante de todo el mundo en el baile de máscaras.

Porque sin duda le habría dicho que no. ¿O no? Por supuesto que le habría dicho que no. ¿Qué podía ofrecerle él? El día que Beau se había presentado de improviso, le había dicho que para ella había cosas más importantes en una relación que el éxito y el dinero, pero… ¿de verdad lo pensaba? Y esa noche le había dicho que le quería, pero tampoco sabía si podía dar crédito a esas palabras. No, lo que pasaba era que no quería que la dejara, solo eso.

Y, sin embargo, ahora que lo pensaba, Violet no había dicho que él no fuera lo bastante bueno para ella, ni que estuviera dispuesta a escoger a Beau en vez de a él, como quería su padre. Lo único que había dicho era que su padre tenía razón en que ella y él eran muy distintos, y que eso podría complicar su relación.

Aquello era cierto. Eran distintos en muchos aspectos, no solo en lo concerniente al dinero. Y sí, eso significaba que como pareja tendría que enfrentarse a muchos desafíos. Tendrían que discutir en qué religión querían educar a su hijo, en qué colegio inscribirle... Pero él la quería, y quería a su hijo. Y quería que fueran una familia de verdad. Si ella también le quería, como había dicho, podrían hacer que lo suyo funcionara. Si es que no lo había arruinado todo tirándole a la cara su amor por él y marchándose airado.

De pronto, la voz del barman lo sacó de sus pensamientos.

—¿Está bien, amigo?

Aidan dio un respingo y, al levantar la cabeza, lo encontró frente a él.

—Normalmente intento no meterme en los asuntos de los demás —añadió el barman—, pero no todos los días entra en mi bar un tipo con esmoquin y un anillo de diamantes y se sienta cabizbajo en la barra a ahogar sus penas en un Schweppes de limón.

Aidan esbozó una media sonrisa.

—Le entiendo; no es muy normal, ¿verdad? —admitió—. Yo también tengo un bar. Bueno, un pub.

—Vaya. ¿Y cómo es que ha venido aquí?

Esa era una buena pregunta.

—Bueno, es que hoy me había tomado la noche libre, y si hubiera ido al pub habría acabado trabajando. Además, tengo un montón de cosas en la cabeza.

—¿Problemas de mujeres?

—Podría decirse que sí —Aidan miró el anillo y volvió a guardarlo en la caja—. ¿Está casado?

—Lo estuve.

—¿Divorciado?

El barman sacudió la cabeza.

—Soy viudo.

Aidan se irguió en su asiento, sintiéndose culpable de repente por estar ahí, lamentándose, cuando otros tenían problemas más graves.

—Lo siento.

—No se preocupe; ya han pasado diez años. Me gustaría poder decir que lo he superado, pero le estaría mintiendo. Aunque poco a poco me va resultando un poco menos difícil hablar de ello.

—¿Estaba enferma? —inquirió Aidan.

Por algún motivo, en ese momento le era más fácil hablar de los problemas del barman que de los suyos.

—No. Tuvimos un accidente con el coche y ella murió. Estábamos discutiendo por una tontería, y de repente...

Aidan vio el remordimiento reflejado en su rostro. Parecía que incluso después de diez años la pérdida de su esposa seguía atormentándolo.

—Siempre estábamos discutiendo por tonterías —continuó el barman—. Nunca les gusté a sus padres, y se enfrentaban conmigo constantemente, poniéndola a ella en medio. Mi esposa trataba de mediar, de mantener la paz, pero yo no quería una tregua; quería que se pusiera de mi parte. Y la tensión se iba acumulando hasta que acabábamos riñendo y echándonos en cara un montón de pequeñeces. Echando la vista atrás, todo aquello me parece ahora tan absurdo...

Después de la noche que había tenido, Aidan comprendía a la perfección los problemas que el barman había tenido con sus suegros.

—¿Y por qué no le caía bien a sus padres?

El hombre se encogió de hombros.

—Por todo lo que se le pueda ocurrir. No veían nada bueno en mí: no tenía estudios, ni una carrera con futuro; no les hacía la pelota todo el tiempo; mi familia no era precisamente modélica... Nunca pareció importarles cuánto nos queríamos su hija y yo, ni que yo la tratara como a una princesa. Ella lo era todo para mí. Pero después de todos estos años he acabado por darme cuenta de que hubiera lo que hubiera hecho su opinión sobre mí no había cambiado, porque estaban convencidos de que nadie era lo bastante bueno para su única hija.

—Sé lo que es eso —dijo Aidan—. Mi... Bueno, Violet... también es hija única. Y sus padres siempre le han exigido demasiado.

El barman asintió.

—En mi caso al final me di cuenta de que nada de eso importaba, pero tardé demasiado en comprenderlo. Cuando ella vivía no fui capaz de ver lo verdaderamente importante, que ella me quería. Debería haberme centrado únicamente en eso, haber ignorado todo lo demás. En vez de ponerme a discutir con ella a la mínima, debería haberla abrazado más a menudo. Debería haber atesorado cada momento a su lado. Si hubiera sabido que nos quedaba tan poco tiempo...

Aidan no podía ni imaginarse lo que sería perder a Violet. Y, sin embargo, esa noche había desdeñado su amor como un idiota. ¿En qué había estado pensando?

—Mire, no sé muy bien qué problemas hay entre esa chica y usted —le dijo el barman—, pero una cosa sí que sé: cuando uno ama y es correspondido, debe luchar por esa relación con uñas y dientes. No todos los días se conoce a una persona que le haga sentir a uno completo. Cuando encuentras a esa persona tienes que centrarte en lo que de verdad importa, porque todo lo demás no es más que ruido. Lo que piensen sus padres, lo que la sociedad piense… Nada de eso importa. Por desgracia la mayoría de la gente no se da cuenta hasta que ha perdido a esa persona para siempre. A mí me pasó. Y me arrepiento de ello todos y cada uno de los días de mi vida.

Aidan ya se sentía horriblemente culpable por cómo se había comportado con Violet aquella noche. Y no podía soportar la idea de pasar el resto de su vida lamentándose por aquello. Sacó su billetera para pagar el refresco, y añadió una generosa propina para el barman. Se la había ganado.

—Gracias por el consejo. Y por darme ánimos; lo necesitaba.

—No hay de qué. No quiero que acabe como yo. Aún está a tiempo de arreglar las cosas con esa chica. No malgaste la oportunidad que les ha dado el destino.

Violet bajó de nuevo la vista a los papeles que tenía delante, sobre su escritorio, pero al cabo de un rato seguía sin concentrarse. Llevaba así toda la semana, desde que Aidan se había marchado enfadado del baile de máscaras. No lograba apartar de su mente el modo en que la había mirado al decirle aquellas palabras que tanto le habían dolido.

Se merecía parte de lo que le había dicho, desde luego, pero jamás habría imaginado que desdeñaría, como había hecho, sus sentimientos por él. Y no es que ella estuviera de acuerdo con su padre; solo había intentado explicarle por qué sus padres pensaban como pensaban. Lo que había querido decirle era que sí, los opuestos se atraían, pero a la larga complicaban las cosas en una relación, y Aidan y ella tenían poco en común aparte de su hijo. No le estaba echando nada en cara; simplemente le había expuesto las cosas tal y como eran.

Y eso no significaba que fuera a quererlo menos, sino que tal vez con su amor no bastase, que tal vez fuera mejor que cada uno siguiera su camino y simplemente compartiesen la custodia de Knox. ¡Si pudiese convencer a su corazón de aquello…!

Unos golpes en la puerta interrumpieron sus pensamientos.

—Adelante —respondió.

La puerta se abrió y Betsy, su secretaria, asomó la cabeza con expresión pesarosa.

—Perdone que la moleste, señorita Niarchos, pero está aquí el señor Rosso.

¿Beau? A Violet el estómago le dio un vuelco. Por un momento había creído que pudiera ser Aidan.

—Dígale que estoy ocupada, que concierte una cita para otro día.

—Lo he hecho, pero insiste en que necesita verla ahora mismo.

Violet suspiró. Beau era terco como una mula, y sabía que no se marcharía hasta haber conseguido lo que quería.

–Está bien. Pero interrúmpanos dentro de diez minutos diciendo que tengo una llamada urgente.

Betsy asintió, y un momento después entraba Beau, tan altanero como siempre, con su traje a rayas, el pelo engominado y repeinado hacia atrás y una sonrisa malevolente en los labios.

–Me decepcionas, Violet –dijo metiéndose las manos en los bolsillos del pantalón cuando se detuvo frente a su mesa.

–No sé si debería preguntar por qué –contestó ella sin levantarse.

–¿Ni un beso? ¿Ni un apretón de manos?

Violet le tendió la mano para que se la estrechara, pero él la tomó y se la llevó a los labios para besarla. Irritada, Violet la apartó y la metió debajo de la mesa.

–¿Qué es lo que quieres, Beau? Estoy muy ocupada.

Beau se desabrochó el botón de la chaqueta antes de tomar asiento frente a ella y repantigarse, como si estuviera en su casa.

–La otra noche te eché de menos en el baile de máscaras. Llegué un poco tarde porque pillé un atasco, y tus padres me dijeron que ya te habías ido.

–No estaba de humor para fiestas.

Después de que Aidan se hubiera marchado, se había sentido incapaz de volver al salón de baile y enfrentarse a sus padres. Si lo hubiera hecho, estaba segura de que habría hecho o dicho algo de lo que luego se habría arrepentido. Tampoco había querido montar un escándalo que pudiera dañar las posibilidades de que El Hogar de Molly consiguiera los donantes que necesitaba, así que había llamado al móvil a Betsy para decirle que la dejaba a cargo del evento y se había ido a casa.

—Eso me dijeron tus padres. Me han contado que reñiste con el padre de Knox y me pidieron que viniera a verte.

—¿Para qué?, ¿para que vinieras a salvarme como un caballero andante?

Beau se encogió de hombros.

—Tal vez. He pensado que, después de darte cuenta de que ese tipo no merece la pena, entrarías en razón y cambiarías de idea con respecto a lo nuestro.

—¿Que entraría en razón?

—Pues sí. Hacemos buena pareja, Vi. Parece que lo sabe todo el mundo menos tú. Y no me parece que, dadas las circunstancias, puedas permitirte exigir demasiado.

—¿Perdona?

—Lo que oyes. Yo me he comportado como un adulto. Fui muy generoso al perdonar tu infidelidad y ofrecerme a criar a Knox como si fuera hijo mío. ¿Cuántos hombres estarían dispuestos a hacer eso? Y sigo dispuesto a casarme contigo, Violet. Estoy dispuesto a perdonar tus devaneos y a formalizar nuestra relación.

Violet entornó los ojos. De pronto había tenido una sensación de *déjà vu*. Devaneos… No era una palabra muy común, y tenía la impresión de haberla oído hacía poco. Y entonces, igual que al presentarse Aidan los recuerdos habían vuelto en tromba a su mente, otro torrente de recuerdos perdidos la inundó en ese momento. Todos esos meses había estado preguntándose por qué habría ido al Pub Murphy aquella noche. Salir sola

141

a ahogar sus penas en tequila no era su *modus operandi*. Aquella era la pieza del puzle que le faltaba.

Se había convencido de que debía haber sido por una de sus habituales discusiones con Beau, porque él siempre volvía tarde o hacía cosas que la inducían a pensar que no estaba preparado para sentar la cabeza. De hecho, si no se hubiera quedado embarazada, jamás se habría comprometido con él.

Y si hubiera podido recordar lo que acababa de recordar en ese momento, en vez de aceptar su proposición de matrimonio, le habría pegado un puñetazo.

—Maldito bastardo... —masculló.

Beau parpadeó sorprendido.

—¿Qué has dicho?

—¿Cómo pudiste dejar que me culpara durante todos esos meses, planeando la boda como si nada?

—¿Que te culparas de qué?, ¿de que otro hombre te había dejado embarazada? Yo no podía saberlo. Pensaba que ese niño era mío. ¿Cómo iba a saber yo que te habías tirado a un barman? Creía que me eras fiel.

Tenía que reconocer que Beau era muy listo. Estaba aferrándose a su mentira porque creía que ella seguía sin recordar lo que había ocurrido.

—Me refiero a que me culpaba, pensando que te había sido infiel cuando no es verdad. Yo te fui fiel, Beau. Cuando me «tiré» a ese barman tú y yo habíamos roto... ¡porque te había pillado en la cama con esa arpía de Carmella Davis!

Ahora lo recordaba vívidamente: en su apartamento, en su cama... esa rubia pechugona de Carmella, completamente desnuda y cabalgando sobre Beau...

142

Habían discutido, y Beau se había defendido diciendo que no había sido nada más que un «pequeño devaneo», nada serio, y ella había salido corriendo de allí llorando y había deambulado por las calles consternada hasta acabar en el Pub Murphy.

—No sé de qué me hablas —dijo Beau.

Violet plantó las manos en la mesa para levantarse y lo miró furibunda. Las mejillas le ardían de ira.

—Cuando perdí la memoria en el accidente debiste pensar que había sido un regalo de Dios. Por tu estupidez habías estado a punto de perder tu boleto de lotería premiado, y conseguiste una segunda oportunidad gracias a que lo había olvidado todo, y creíste que podrías continuar con nuestra relación como si no hubiera pasado nada.

Esa vez Beau tuvo la sensatez de mantener la boca cerrada.

—Acudiste corriendo a verme al hospital —continuó ella—. Me sostuviste la mano, sentado junto a la cama. Y seguramente para tus adentros estabas dando gracias por que no recordara lo tuyo con Carmella. Pero los médicos dijeron que con el tiempo acabaría recuperando la memoria. ¿Eso no te preocupó?

—La verdad es que no —contestó él, encogiéndose de hombros con arrogancia—. Cuando me dijiste que estabas embarazada supuse que el bebé era mío, y pensé que ahí se habían acabado todos mis problemas. Si no hubieras insistido en esperar a dar a luz para casarnos, te habría tenido amarrada y bien amarrada antes de que recuperaras la memoria. Y entonces tuvo que nacer ese mocoso pelirrojo y arruinarme los planes...

–Ya he tenido bastante –lo cortó Violet furiosa–. Sal de mi despacho –le dijo enfadada, señalándole la puerta con el dedo.

–Violet, escucha… –comenzó a replicar él.

–No. Esta conversación se ha acabado, Beau. Quiero que salgas de mi despacho, y de mi vida. Para siempre. No quiero volver a verte. Ni por aquí, ni merodeando cerca de mi casa, ni haciéndoles la rosca a mis padres. Quiero que te largues.

Mantuvo el brazo rígido, señalando la puerta con expresión severa hasta que, con un gruñido de irritación, Beau claudicó, se levantó de la silla y salió, sin decir nada más.

Cuando la puerta se hubo cerrado, Violet suspiró aliviada. Beau se había ido y dudaba de que fuera tan estúpido como para volver. Al fin se había acabado. Sus padres tendrían que aprender a sobrellevar la decepción. Al fin y al cabo, no era más que eso para ellos, una decepción. La diferencia estaba en que ya no le importaba. Estaba enamorada de Aidan y, más que ninguna otra cosa, lo que quería era estar con él.

Capítulo Doce

El salón de casa de sus padres parecía vacío sin todos los adornos que habían ocupado los muebles, pensó Aidan, mirando a su alrededor. Ahora había un escritorio que había comprado de segunda mano, una librería y un mueble con cajones para archivos. Iba a ser el despacho de Ted, el administrador al que había contratado para hacerse cargo en el día a día de El Hogar de Molly. Ted había sido alcohólico, pero llevaba cinco años sobrio, y se ocuparía de supervisar a los inquilinos y de atender sus necesidades por un pequeño salario además de alojamiento y comidas.

Y estaba muy contento de haberlo contratado. No solo estaba seguro de que sería un buen mentor para los inquilinos que pasaran por allí, sino que, como había trabajado en la construcción, le estaba ayudando con las reformas y reparaciones que necesitaba la casa.

Y aunque, después de su conversación con el barman, había tenido la intención de ir al día siguiente a ver a Violet para disculparse con ella, las cosas no habían salido como esperaba.

El lunes por la mañana había ido a la fundación para intentar hablar con ella, pero se había encontrado con que había salido. Betsy había tenido la deferencia de hacer como si nada hubiera ocurrido en el baile de máscaras, y le había entregado con una sonrisa un *pendrive* con la base de datos de los asistentes y un cheque con lo que se había recaudado para El Hogar de Molly. Por suerte su desencuentro con el padre de Violet no había influido de forma negativa en el evento. Betsy también le había prometido que le diría a Violet que se había pasado por allí para verla, y que lo llamase cuando tuviera ocasión de hablar.

Mientras esperaba su llamada, se había concentrado en poner en marcha El Hogar de Molly, y lo primero que había hecho había sido dejar el pub en manos del encargado para poder tomarse una semana libre. Y, para aprovechar bien el tiempo, había pasado la semana entera en la casa, comprando suministros, algunos muebles, ropa de cama, toallas… Faltaba poco para que apertura, y Ted estaba revisando las solicitudes que les había remitido un centro de rehabilitación cercano de los que podrían ser sus primeros inquilinos.

Las reparaciones y los preparativos le habían llevado más tiempo del que había previsto, pero había llegado a la conclusión de que quizá era bueno dejar pasar un poco de tiempo para que se enfriasen los ánimos. Esa noche, cuando hubiera acabado con lo que faltaba por hacer en la casa, iría al apartamento de Violet. Era su día de visita a Knox, y como ella no le había llamado no sabía si estaría muy receptiva, pero suponía que sería un momento tan bueno como cualquier otro para que hablaran y se disculpase con ella, se dijo poniéndose en cuclillas para conectar los cables del ordenador que había colocado bajo la mesa.

Aun en el caso de que no lograran arreglar las cosas

entre ellos, cuanto menos se esforzarían por mantener una relación cordial por el bien de Knox. Tara había tomado por costumbre salir cuando él iba de visita, así que tendrían toda la tarde para poder hablar a solas. Lo único que desearía era no estar tan nervioso…

—¡Eh, Aidan! —lo llamó Ted a voces desde el pasillo.

—¿Sí?

—¡Ha venido alguien a verte!

¿De quién podría tratarse?

—¡Dile que pase!

Aidan seguía enchufando cables cuando oyó una voz familiar de mujer.

—¿Aidan?

Al levantar la cabeza, vio a Violet en el umbral de la puerta. Sorprendido, se incorporó y se sacudió con la mano las rodillas de los vaqueros.

—Ah, hola. No… no esperaba verte por aquí. Como se suponía que esta noche iba a ir a tu apartamento —balbuceó. La casa de sus padres estaba bastante lejos de donde vivía Violet, y era la primera vez que iba allí. De pronto ese pensamiento, unido a su expresión de incertidumbre, lo llenó de inquietud—. ¿Ha pasado algo? ¿Está bien Knox?

—Sí, sí, está bien —le aseguró Violet—. Supongo que podría haberlo traído conmigo, pero Tara estaba a punto de darle de comer y no quería alterar su rutina. Se pone tan gruñón cuando tiene hambre…

—¿Hace falta que cambiemos la visita de esta tarde a otro día?

—No, claro que puedes venir esta tarde. Es que… —Violet vaciló y bajó la vista—. No quería tener que esperar para hablar contigo. Ya he esperado demasiado, y quería haber venido antes, pero esta semana he estado muy ocupada con la fundación.

Aidan frunció el ceño. No le gustaba el modo en que había dicho eso. Había sonado demasiado ominoso para su gusto.

—¿Te apetece un café o algo? —le ofreció, para prolongar un poco la conversación.

—Eh… claro.

Violet lo siguió hasta la cocina y tomó asiento mientras él preparaba el café.

—De niño tomé miles de cuencos de cereales en esta cocina —comentó Aidan cuando se sentó frente a ella, colocando sendas tazas sobre la mesa.

Esperaba que no pareciera que estaba diciendo tonterías porque estaba nervioso, aunque era precisamente lo que estaba haciendo.

Violet se rio suavemente y rodeó la taza de café con las manos para calentárselas.

—Es una casa estupenda y comprendo que para ti tiene mucha historia, por todo lo que has vivido aquí. Es perfecta para el proyecto que quería crear tu madre, y no sé por qué no he venido antes a verla. Estoy impaciente por ver cómo le irá a El Hogar de Molly cuando empiece a funcionar.

—¿Por eso has venido?, ¿para ver la casa?

—No, en realidad he pasado antes por el pub, pensando que estarías allí, pero el encargado me ha dicho que te habías tomado la semana libre para terminar de preparar la casa. Quería verte para pedirte disculpas.

Aidan no sabía qué decir. Él había tenido intención

148

de disculparse con ella… y era ella quien había ido hasta allí para disculparse con él.

—¿Disculpas por qué? No comprendo.

Violet suspiró y sacudió la cabeza sin levantar la vista de la taza.

—Por no haberme enfrentado a mi padre en la fiesta. Debería haberles hablado antes a mi madre y a él de ti. Pero lo pospuse una y otra vez, y acabé poniéndote a ti en el punto de mira.

—No podías predecir cómo reaccionaría tu padre.

—No, es de lo más predecible: terco como una mula. Te preocupaba que me avergonzara de ti esa noche ante mis padres, pero no se trataba de eso en absoluto. Lo que a mí me preocupaba era que, al vernos juntos, mi padre empezara a meterse donde no lo llamaban. Y por supuesto, eso fue lo que hizo. No debería haber dejado que te llevara aparte para intimidarte. Además de que no tenía derecho a decirte nada. Debería haberte protegido de él. Y, aunque no hubiera podido impedir que se metiera contigo, sí debería haberme enfrentado a él para defenderme, para defender nuestra relación, y decirle de una vez por todas que no se meta más en mi vida. Pero fui una cobarde y acabé haciéndote daño a ti. Lo único que conseguí fue alejarte de mí cuando lo que yo quería era que estuvieses a mi lado.

A Aidan le emocionó oírle decir esas palabras, pero intentó mantener la calma. Parecía que Violet tenía aún muchas cosas que decir, y él estaba dispuesto a dejarle que las dijese.

—Ha pasado casi una semana del baile de máscaras —apuntó—. ¿Qué ha provocado esta revelación?

149

Violet levantó al fin la vista de su taza de café.

–Beau vino ayer a la fundación, y algo que dijo desencadenó más recuerdos, los últimos que me faltaban por recuperar. Durante todo este tiempo me había sentido culpable por haberle sido infiel a Beau. Mis padres no hacían más que decirme que debía quererme de verdad si estaba dispuesto a pasarlo por alto, casarse conmigo y criar a Knox como si fuera su hijo, pero a mí algo no me cuadraba. Y ahora sé lo que era. Aquella noche fui a tu pub porque al llegar a casa me encontré a Beau en la cama con otra mujer. Tuvimos una discusión, rompí con él y salí corriendo de allí. Así que no le engañé. Fue él quien me engañó a mí. Y luego, cuando tuve el accidente y descubrió que tenía amnesia, continuó con nuestra relación como si nada hubiera pasado.

–Menuda rata… –masculló Aidan, aunque no le sorprendía en absoluto lo que le había contado. Desde el día que había aparecido junto al bloque de Violet, había intuido una mezquindad en él que le había hecho desconfiar–. Siento que te hiciera daño. Ojalá me lo hubieras contado aquella noche, en el pub. Así yo podía habértelo recordado cuando volvimos a encontrarnos. Aun así habría llegado un año tarde, pero al menos lo habrías sabido antes de ayer.

Ella esbozó una leve sonrisa.

–No pasa nada. Los recuerdos volvieron a mi mente justo a tiempo. Beau estaba intentando convencerme para que le diera otra oportunidad, seguramente a instancias de mi padre, y gracias a que recordé lo que había pasado, pude plantarle cara y decirle que no quería volver a verlo nunca.

Aidan se alegraba de que por fin hubiera mandado a Beau a paseo, pero no estaba muy seguro de por qué estaba contándole todo aquello. El que Beau estuviera fuera de escena no implicaba que se les hubiese quedado despejado el camino para estar juntos; él no era el único obstáculo.

—Me alegro por ti —le dijo.

—Gracias. Aunque eso no es lo más importante —replicó ella—. Cuando Beau estaba diciéndome que debería darle otra oportunidad, antes incluso de que volvieran a mi mente esos últimos recuerdos, tuve muy claro que no quería hacerlo. A pesar de todo lo que teníamos en común, de todas las cosas que se suponía que deberían hacer que lo nuestro funcionase, faltaban las piezas más importantes, algo que solo tú me has dado. Para empezar, eres el padre de Knox. Y no solo en el sentido biológico; asumiste el papel de padre con todas las consecuencias. Te has implicado desde el primer día, ahora que no es más que un bebé, y por eso estoy segura de que seguirás implicándote cuando sea más mayor. Beau nunca lo habría hecho. Knox siempre fue… poco más que una complicación para él.

Aunque le alegraba saber que estaba a la altura de sus expectativas como padre, no era lo que quería oír de sus labios en ese momento. Lo que quería era saber si quería que formara parte de su vida no solo por Knox, sino también por ella.

—¿Y eso es todo lo que querías decirme? —le preguntó.

—No, acabo de empezar. Por supuesto que no quiero solo un padre para Knox —continuó ella—. Me he dado cuenta de que yo también te quiero a mi lado, piensen lo que piensen los demás —Violet alargó el brazo y puso su mano sobre la de él—. Te quiero, Aidan. Y no solo porque seas el padre de mi hijo; habría querido que volviéramos a vernos aunque no me hubiera quedado embarazada.

Aidan se había quedado sin palabras. Era exactamente lo que había esperado que dijera, pero de repente la sola idea lo aterraba. ¿De verdad podía una mujer como Violet amar a alguien como él?

—¿Y qué pasa con lo que me dijiste en la fiesta? —le preguntó—, lo de lo diferentes que somos, lo de que estar con alguien como Beau sería más fácil para ti. Nada de eso ha cambiado.

—Y no espero que cambie. Amar a alguien no es fácil. Puede que nos encontremos con dificultades en nuestra relación, pero conocernos mejor y aprender del otro también puede ser divertido y emocionante. No quiero que seamos iguales en todo; solo quiero que estemos juntos. Y que seamos felices. ¿Crees que podrías ser feliz conmigo y con Knox? ¿Crees que podríamos ser una familia de verdad?

A Aidan se le hizo un nudo en la garganta. Una familia de verdad… De pronto lo asaltaron los recuerdos de las Navidades de su infancia, de la Semana Santa, de los primeros días de colegio, de la pizza de queso de los viernes por la noche… Poder compartir todo eso con Violet y con Knox era lo más increíble que podría pasarle en la vida. Solo había una cosa pendiente…

***

Aidan había estado muy callado durante toda la conversación, y eso la inquietaba. Le había hecho alguna pregunta, pero la mayor parte del tiempo había permanecido callado, escuchándola en silencio mientras ella le abría su corazón. Había ido allí sabiendo que tal vez no estaría muy receptivo, pero había tenido la loca esperanza de que se levantaría de la silla de un salto, la rodearía con sus brazos, le declararía su amor y la besaría hasta dejarla sin sentido.

Pero cuando Aidan finalmente se movió, fue para levantarse y quedarse mirándola con expresión estoica.

—¿Me disculpas un segundo? —le preguntó.

Ella asintió, y lo siguió con la mirada mientras abandonaba el salón. Poco después lo oyó subir las escaleras. No sabía qué había en el piso de arriba, ni por qué tenía que ir allí precisamente en ese momento, pero se esforzó por ser paciente y no hacer una montaña de un grano de arena.

Pero aun así, los ojos empezaron a llenársele de lágrimas de decepción. Le había dicho que le quería, le había preguntado si querría que fuesen una familia de verdad, y por toda respuesta él se había levantado de la mesa y se había marchado.

Sin embargo, Aidan volvió unos minutos después con algo pequeño apretado en la mano.

—Perdona que me haya ido así, de repente, pero es que tenía que ir a por algo importante; algo que no podía esperar.

Violet sollozó.

—He pasado esta semana intentando pensar qué podía decirte o hacer para convencerte de que dieras a lo nuestro otra oportunidad –añadió Aidan–. Si vamos a ser una familia, no puede haber más secretos entre nosotros. Si me quieres, espero que también me lo demuestres en presencia de tus padres, o cuando nos encontremos con alguno de sus amigos, y que les digas que me gano la vida regentando un pub.

–Por supuesto –respondió ella, levantándose de la silla–. Te quiero, y siempre te querré. Y anoche fui a ver a mis padres y hablé con ellos.

–¿Qué dijeron?

Unas cuantas cosas, pero mejor le ahorraría los detalles.

–Mi padre me amenazó con desheredarme. ¿Y sabes qué?, que me da igual –le dijo Violet, encogiéndose de hombros–. Aunque creo que solo lo hacía para asustarme y salirse con la suya, tendrá que acostumbrarse a que ya no puede decirme lo que tengo que hacer con mi vida. Tengo casi treinta años. Ya iba siendo hora de que le plantara cara.

Una amplia sonrisa se dibujó en el rostro de Aidan.

–Me alegra que digas eso, porque hay algo que quiero darte. A decir verdad, lo llevaba conmigo la noche de la fiesta, pero me pareció que no era el momento.

Violet bajó la vista al objeto en su mano. Era una cajita, como la de las joyerías, y el corazón empezó a latirle como un loco. ¿Podría ser lo que creía que era?

–Puede que no lo sepas, pero en muchos sentidos soy un tipo bastante anticuado –le dijo Aidan–. Cuando descubrí que tenía un hijo, habría hecho lo correcto sin pensármelo, te habría propuesto que nos casáramos, pero pensé que no querrías porque no tenía nada que ofrecerte. Y luego, cuando comenzamos a intimar y decidí que quería que fuéramos una familia de verdad, y que quería casarme contigo porque te quería y quería tenerte a mi lado para siempre, me encontré con que tenía nuevas preocupaciones aparte de si me dirías que sí o que no. Me preocupaba no poder permitirme la clase de anillo que otros hombres podrían ofrecerte, y me di cuenta de que lo mejor que podía ofrecerte, aparte de mi corazón, de mi amor y de mi devoción por ti y por nuestro hijo, era algo que es muy especial para mí, algo de un valor sentimental incalculable.

Por fin, Aidan abrió la cajita. Al ver que dentro había un anillo, tal y como había esperado, el corazón le palpitó de emoción. Y no podía ser más bonito: con un diamante en el centro engarzado en una montura de platino, y rodeado por diamantes más pequeños. Parecía de estilo *art déco*, probablemente de la década de 1930.

–Este anillo perteneció a mi madre, y antes de ella a mi tía abuela paterna. Cuando mi madre enfermó, me pidió que lo conservara. Me dijo que un día conocería a una mujer especial merecedora de este anillo, y tenía razón. Tú eres esa mujer: eres inteligente y preciosa, y una madre increíble. Y me duele el corazón de solo pensar en tener que despertar cada mañana sin ti a mi lado.

El corazón le martilleaba a Violet de tal modo que apenas podía oír lo que Aidan le estaba diciendo. Lo único que ella sabía era que aún no le había hecho la pregunta a la que tan desesperada estaba por responder que sí. Ni siquiera se la hizo en ese momento, sino que se quedó allí plantado, con el anillo en la mano, mirándola expectante.

—¿Y? —le preguntó ella.

Aidan la miró y enarcó las cejas, confundido.

—¿Y...? —de pronto parpadeó al caer en la cuenta—. ¡Ah! Casi me olvido de lo más importante, ¿verdad? —hincó una rodilla en el suelo—. Violet, te quiero tanto que no sé qué haría sin ti. Sé que no soy perfecto, y que nunca lo seré, pero estoy dispuesto a pasar el resto de mi vida intentando ser el hombre que mereces. ¿Me harás el honor de ser mi esposa?

¡Por fin! ¿Por fin!

—¡Sí! —exclamó Violet.

A Aidan le temblaban las manos cuando le puso el anillo en el dedo. Le apretó la mano suavemente, se levantó y la atrajo hacia sí. Violet le echó los brazos al cuello y cuando sus labios se encontraron lo besó con pasión, agradecida por aquella segunda oportunidad cuando hacía solo unos días creía haberlo perdido para siempre. No quería separarse de él nunca más, y ahora sabría que eso no volvería a ocurrir. Iban a ser marido y mujer y estarían juntos por siempre jamás.

¡La haría su esposa!

EL SULTÁN Y LA PLEBEYA

Maya Blake

El recién coronado sultán Zaid Al-Ameen estaba decidido a acabar con la corrupción en su país. Desafortunadamente para Esme Scott, eso significaba detener a su padre por estafador, y obligarla a ella a alcanzar un acuerdo con quien lo mantenía prisionero.

Zaid vio en Esme una oportunidad de oro como trabajadora social. Su país necesitaba reformas sociales en las que ella era experta. Pero trabajar a su lado despertó en él un anhelo insaciable y, tras un tórrido encuentro, descubrieron que Esme estaba embarazada.

La poderosa sensualidad que Zaid avivaba en Esme la dejaba sin capacidad de resistencia. Jamás hubiera imaginado que llegaría a convertirse en la esposa de un sultán… hasta que las diestras caricias de Zaid la persuadieron de ello.

Acepte 2 de nuestras mejores novelas de amor GRATIS

¡Y reciba un regalo sorpresa!

Oferta especial de tiempo limitado

Rellene el cupón y envíelo a
Harlequin Reader Service®
3010 Walden Ave.
P.O. Box 1867
Buffalo, N.Y. 14240-1867

¡Sí! Por favor, envíenme 2 novelas de amor de Harlequin (1 Bianca® y 1 Deseo®) gratis, más el regalo sorpresa. Luego remítanme 4 novelas nuevas todos los meses, las cuales recibiré mucho antes de que aparezcan en librerías, y factúrenme al bajo precio de $3,24 cada una, más $0,25 por envío e impuesto de ventas, si corresponde*. Este es el precio total, y es un ahorro de casi el 20% sobre el precio de portada. !Una oferta excelente! Entiendo que el hecho de aceptar estos libros y el regalo no me obliga en forma alguna a la compra de libros adicionales. Y también que puedo devolver cualquier envío y cancelar en cualquier momento. Aún si decido no comprar ningún otro libro de Harlequin, los 2 libros gratis y el regalo sorpresa son míos para siempre.

416 LBN DU7N

Nombre y apellido	(Por favor, letra de molde)

Dirección	Apartamento No.

Ciudad	Estado	Zona postal

Esta oferta se limita a un pedido por hogar y no está disponible para los subscriptores actuales de Deseo® y Bianca®.
*Los términos y precios quedan sujetos a cambios sin aviso previo.
Impuestos de ventas aplican en N.Y.

SPN-03   ©2003 Harlequin Enterprises Limited

Bianca

**Solo una noche de pasión…
y la escandalosa consecuencia a los nueve meses**

AMOR ENMASCARADO

Natalie Anderson

En una fiesta de disfraces organizada por la monarquía de Palisades, el multimillonario Damon no pudo evitar seducir a una mujer.

Al cabo de unas semanas, Damon descubrió que la enmascarada belleza del encuentro sexual más apasionado de su vida era la princesa Eleni y que él la había dejado embarazada.

Para evitar que Eleni se viera metida en un escándalo, a Damon no le quedaba más remedio que hacer lo inimaginable… ¡Casarse con la princesa!

DESEO

Venganza y placer

CAT SCHIELD

Zoe Alston, que se tambaleaba por un divorcio atroz, hizo un pacto con otras dos mujeres igual de vapuleadas. Su misión era hundir al impresionante empresario Ryan Dailey y para conseguirlo tenía que sabotear la campaña política de su hermana. El inconveniente era la pasión abrasadora que brotaba entre ellos. Estaba atrapada entre la promesa que había hecho y el hombre que la había devuelto a la vida. ¿Hasta dónde sería capaz de llegar por la venganza... o por el amor?